Der Marschenmörder

Werner Brorsen

Der Marschenmörder

Kriminalroman

BOYENS

BOYENS
BUCHVERLAG

ISBN 978-3-8042-1268-8

Herstellung: Boyens Buchverlag
Druck: Boyens Offset, Heide
Printed in Germany

1

Timm Thode hockt in seiner Bodenkammer. Vorsichtig schiebt er die Gardine ein Stück beiseite, blickt lauernd auf den Innenhof hinunter.

„Wo is de fuule Sack? He schall mi helpen!" Das ist Cornils, der Bruder. Er belädt einen Ackerwagen mit Steinen. Ist wütend auf Timm, der ihm dabei helfen sollte und sich wieder einmal vor der Arbeit drückt.

Nervös saugt Timm an seiner Zigarette, benutzt eine Blechdose als Aschenbecher. Weiß er doch, dass der Alte fuchsteufelswild wird, wenn er ihn beim Rauchen erwischt, während die Brüder ihrer Arbeit nachgehen.

Jetzt entdeckt er Martin und Reimer. Sie überqueren, jeder einen Dreschflegel in der Hand, den Hof. Suchend schauen sie sich um. Timm duckt sich impulsiv. Auch sie haben ihn auf dem Kieker, hassen ihn ob seiner Faulheit. Kopfschüttelnd betreten sie die Groot-Deel, wo der Roggen gedroschen wird.

Johann, der 21-Jährige, spannt zwei Pferde vor den offenen Landauer. Vater und Mutter steigen ein. Timm hat erfahren, dass sie, gemeinsam mit den Nachbarn Jakob und Hanne Schwarzkopf, beim Bauern Starck auf dem Beidenflether Riep zu Kaffee und Abendbrot eingeladen sind. Johann zieht die Zügel an, schwingt die Peitsche, das Gefährt rumpelt vom Hof.

Timms Lippen verziehen sich zu einem bösartigen Grinsen. Die Gelegenheit ist da. Alle sind hübsch verteilt.

Er schleicht aus dem Haus und in die Scheune. Ergreift dort eine Handspake, prüft das Gewicht der etwa acht Kilo schweren, aus Eschenholz gefertigten Keule, die zum Stampfen des Bodens benutzt wird.

Martin kommt mit einem Bund Stroh auf die Scheune zu. Timm versteckt sich hinter einer Pyramide aus Strohballen, lässt den 24-Jährigen vorbeigehen. Schlägt von hinten zu. Martin stürzt zu Boden, gibt noch einige Laute von sich. Timm zertrümmert ihm den Schädel, durchwühlt seine Taschen, nimmt Martins Geldtasche und seine Silberuhr an sich.

Nach knapp zwanzig Minuten nähert sich Reimer der Scheune, ebenfalls mit einem großen Bund Stroh. Für den 14-Jährigen reicht ein Schlag mit der mörderischen Spake. Lautlos sinkt er zu Boden. Stirbt.

Die Leichen versteckt Timm unter Strohballen. Gelassen geht er über den Hof in Richtung des Wohn- und Wirtschaftsgebäudes.

Cornils kommt ihm entgegen, tadelt ihn wegen seiner Drückebergerei. Doch Timm winkt ab, bittet den Bruder, das letzte Stroh aus der Groot-Deel in die Scheune zu schaffen.

Cornils zögert, will sich von Timm, dem verachteten Faulpelz und Bettnässer, nichts auftragen lassen.

„Martin hett dat seggt", betont Timm mit Nachdruck. Das wirkt, denn Martin, der älteste der Thode-Brüder, vertritt den Vater, wenn dieser abwesend ist.

Missmutig begibt sich Cornils zur Groot-Deel. Wenige Minuten später betritt er, schwer beladen mit den letzten Strohgebinden, die Scheune. Timm versucht, die Handspake hinter seinem Rücken zu verstecken. Doch Cornils hat sie bereits entdeckt. Nichtsahnend scherzt er: „Na, wo sünd de Zigeuners?“ Denn am Mittagstisch war von einer Gruppe junger Männer die Rede, die sich seit Wochen in der Wilstermarsch herumtreiben und denen man den Diebstahl von sieben Hühnern und fünf Kaninchen zuschreibt.

Als Timm die Keule erhebt, erblasst Cornils. „Oh Gott! Wat wullt du denn?“, stößt er hervor. Versucht dem Schlag auszuweichen, der seine linke Schulter trifft. Wankend flieht er ins Innere der Scheune. In wenigen Sekunden hat Timm ihn eingeholt, versetzt ihm vier, fünf weitere Schläge gegen den Kopf und schleift die grausam zugerichtete Leiche zu den anderen.

Er hetzt zur Pumpe hinter dem Kuhstall, wäscht die blutigen Hände, schleicht in seine Kammer, wechselt Jacke und Hose, stopft die verschmutzte Kleidung unters Bett.

Die ihm zugewiesene Tagesarbeit fällt ihm ein. Er darf sie nicht vernachlässigen. Das würde auffallen und könnte seinen Plan durchkreuzen. Er macht sich ans Füttern der Schweine.

Mit einem Spaten geht er anschließend zum nahen Stördeich und vergräbt dort Martins Uhr und dessen Geldtasche, die er zuvor geleert hat.

Anschließend setzt er sich mit seiner Schwester Anna und dem Dienstmädchen Abel zum Abendessen an den Küchentisch.

2

Der riesige Eichentisch, an dem bis zu vierzehn Personen Platz finden, wirkt verwaist. Anna, die Tochter des Hauses, vom ansonsten strengen und wortkargen Vater maßlos verwöhnt, und Abel Dehn, das fleißige, schüchterne Dienstmädchen, sind von Timm abgerückt, haben zwei Plätze zwischen sich und dem Einzelgänger geschaffen.

Dass die Mädchen ihn kaum eines Blickes würdigen, ignoriert Timm. Er genießt es, als einziger Mann am Tisch zu sitzen, fordert eine zweite Portion Bratkartoffeln, schlürft genießerisch die Milchsuppe, bricht vom Roggenbrot große Stücke, kaut schmatzend.

Den „Weibern" gegenüber gibt er sich zunächst schweigsam und mürrisch, dann zunehmend aufgeräumt und großspurig. Auf gekünstelte Art versucht er zu scherzen: „Geiht doch nix över een ruhich Huus." Abel wirft ihm einen kurzen Blick zu, schielt suchend nach den für die Brüder gedeckten Plätzen.

Anna, die Lebhafte, stets Vergnügte, bemerkt es, springt auf, will sie zum Abendessen rufen. Timm erstarrt. Erkennt die gefährliche Situation. Hebt abwehrend die Hand und findet blitzschnell eine Erklärung: „De sünd op't Feld. De Ossen sünd utbroken un all wedder in den Weeten!"

Das rettet ihn. Denn erst vor einigen Tagen haben die Rinder im Weizen erheblichen Schaden angerichtet und den Bauern zu Wutausbrüchen gebracht.

Eine knappe Stunde später rollt der Landauer auf den Hof. Bauer Johann und seine Frau Margaretha betreten das Haus und suchen sofort das Schlafzimmer auf, denn die Arbeit auf dem Marschhof beginnt um fünf Uhr in der Frühe. Timm hat die Ankunft vom Kuhstall aus beobachtet. Während Johann die Pferde ausspannt, geht er zum Wagenschauer, öffnet einen der Türflügel und ruft dem Bruder zu, ihm zu helfen, ein Wagen stehe im Wege. Er stellt sich hinter dem geschlossenen Türflügel und erschlägt mit der Spake den arglos eintretenden Johann.

Abermals muss Timm die Kleidung wechseln. In den Kammern der Brüder findet er Jacke und Hose, wartet bis gegen 22 Uhr, schleicht ums Wohnhaus und klopft an das Fenster des elterlichen Schlafzimmers.

Der Vater, schon im Halbschlaf, ist sofort hellwach, als er hört, die Ochsen seien wieder im Weizen, die Brüder seien bereits dort. „Denn mutt ik wull mit", seufzt Johann Thode. Nach wenigen Minuten steht er vor der Haustür, nickt Timm kurz zu: „Kumm!" Und geht mit schnellen, langen Schritten voran in Richtung des Weizenfeldes. Timm hält sich, die Spake unter einem Brett versteckt, knapp hinter ihm, knallt sie dem Vater, kaum dass sie den Hof verlassen haben, gegen die linke Schläfe. Sofort schlägt er ein zweites und drittes Mal zu. Er weiß um die in der gesamten Wilstermarsch legendäre Kraft des 56-Jährigen, von dem man erzählt, er könne mit einer Hand einen 240 Pfund schweren Mehlsack stemmen. Doch gegen die hinterhältige Heimtücke seines Sohnes hat er keine Chance.

Timm holt vom nahen Hof eine Schubkarre und einen Spaten. Gräbt eine Grasnarbe auf, legt die Leiche auf die Karre und bedeckt sie mit Grassoden. Schafft sie in den Pferdestall.

Die beiden Schäferhunde, seine Lieblinge, riechen Blut. Bellen wütend, fletschen die Zähne. Timm erwürgt einen, versucht dem anderen die Kehle durchzuschneiden. Der entkommt und läuft heulend davon.

3

Der Mord an seinem Vater, der Transport des mehr als zwei Zentner schweren Körpers mit der Schubkarre zum Pferdestall hat Timm erschöpft. Es mag auch die alles beherrschende Persönlichkeit des angesehenen Marschbauern gewesen sein, die ihn vor Angst erbeben ließ, bevor er das Mordinstrument zum ersten Schlag hob gegen den einzigen Menschen, der für ihn eine Respektsperson war, trotz aller Geringschätzung, mit der Johann Thode seinen Zweitgeborenen behandelte.

Blass und schweißbedeckt sitzt er vor dem Pferdestall auf einem Sägebock, schaut über den Hof. Das Wohnhaus liegt im Dunkeln, in keinem der vielen Räume brennt Licht. Ruckartig steht er auf, schleudert die Bake in eine Ecke hinter dem Dunghaufen und ergreift eine an einen Holzblock angelehnte Axt.

Forschen Schrittes überquert er den Hof und betritt das Haus, dessen Türen wie immer unverschlossen sind.

Leise öffnet er die Tür zum Schlafzimmer der Eltern, erschrickt, als er die Mutter im Halbdunkel am Fenster stehen sieht. Auf dem Nachttisch flackert eine Kerze. Sie spendet gerade so viel Licht, dass er die Umrisse der Frau erkennen kann. Wie angewurzelt bleibt Timm im Türrahmen stehen. Doch Margaretha Thode dreht sich nicht um, blickt unverwandt in Richtung der großen Hofpforte. Sie wartet offenbar auf ihren Mann, den sie draußen auf dem Feld wähnt, wo er gemeinsam mit den Söhnen versucht, die Ochsen aus dem kurz vor dem Einbringen stehenden Weizen zu vertreiben.

Timm nähert sich, die Axt in der Rechten, leise, mit angehaltenem Atem der Mutter, die ihm immer noch den Rücken zukehrt. Haut ihr die Axt mit der stumpfen Seite auf den Kopf. Die 53-Jährige sinkt zusammen, röchelt am Boden liegend mit fast tonloser Stimme: „Wat wullt du?" Timm schlägt noch zweimal zu. Margaretha Thode rührt sich nicht mehr.

4

Im Bett ihres Mädchenzimmers ist Anna erwacht durch seltsame Geräusche, die sie zunächst verwirren. Sie setzt sich auf, horcht. Schlagartig wird ihr bewusst, dass nebenan etwas Ungewöhnliches, ja, Schreckliches geschieht. Zitternd steigt sie aus dem

Bett, vergisst die Petroleumlampe anzuzünden, tastet sich in der Dunkelheit zur Tür, die ihr kleines Zimmer vom Schlafgemach der Eltern trennt.

Ein Streit zwischen den Eltern? Unmöglich! Die Mutter ist eine stolze, selbstbewusste Frau, Tochter des Hofbesitzers Marten Krey in Brockdorf. Doch nie hat sie sich dem Wort und der Meinung ihres Gatten widersetzt. Und nie, solange Anna zurückdenken kann, hat es zwischen beiden auch nur einen unfriedlichen Wortwechsel gegeben.

Mit klopfendem Herzen steht sie an der Tür. Wagt nicht, durchs Schlüsselloch zu gucken. Im Elternzimmer ist es plötzlich still. Totenstill. Anna beschließt, sich leise zurückzuziehen. Da wird die Tür aufgerissen. Timm, in blutbespritzten Kleidern, starrt sie an mit düsterem, seltsam entschlossenem Blick.

„Timm! Wat wullt du?" Mit weit aufgerissenen Augen blickt Anna den Bruder an. Die blutigen Hände, die verschmutzte Kleidung, das seltsam verzerrte Gesicht.

Sie entdeckt die Axt in seiner Rechten. Zugleich lässt ein leises Wimmern aus dem Schlafzimmer sie zusammenfahren. Die Mutter. Sie liegt am Fenster in ihrem Blut. Das Gesicht zerschlagen.

Timm zur Seite schubsend, stürzt Anna schreiend ins Schlafzimmer. „Vadder! Vadder!" Das Bett des Vater ist leer. Schon hat Timm sie gepackt. Zerrt sie zurück ins Mädchenzimmer. Schlägt mit der stumpfen Seite der Axt auf sie ein.

„Help mi! Help mi!“ Wo bleiben die Brüder? Keiner eilt ihr zu Hilfe. Sie sind nicht da, schießt es ihr heiß durch den Kopf. Im Weizen sind sie. Bei den Ochsen. Sie schreit weiter. „Help mi! Help mi!“ Greift nach dem Axtstiel. Wehrt sich aus Leibeskräften.

Die unerwartete Gegenwehr verwirrt den Mörder. Er gerät in Wut auf die Schwester, die er so oft beneidet hat um ihren hellen Verstand, ihre blitzschnelle Auffassungsgabe, ihren fröhlichen Optimismus. Und er spürt, dass ihr verzweifelter Widerstand sein Vorhaben vereiteln kann. Fester packt er sie mit der Linken. Schlägt mit der scharfen Kante auf sie ein. Doch so oft er auf den Kopf zielt, er trifft nur Brust und Arme.

Annas Kraft schwindet. Ihr Schreien geht in Schluchzen über. „Lat mi leeven, min besten Timm. Lat mit leeven“, bettelt sie. „Ik heff di doch nix dahn.“

Mit letzter Kraft krallt die 18-Jährige ihre Hände in seine Jackenärmel. Beim Versuch, die Arme frei zu bekommen, entgleitet Timm die Axt, fällt krachend auf den Boden. Er will sie aufheben, doch Anna hindert ihn, hämmert die Fäuste gegen seine Brust.

Er tastet mit der Rechten nach der Axt. Weg ist sie. Weg. Unbemerkt hat Anna sie mit dem Fuß unter einen Stuhl geschoben.

Er greift mit bloßen Händen nach ihrem Hals. Doch auch das will ihm nicht gelingen.

Mit erneuter Kraft, die ihm unheimlich ist, stößt sie ihr Knie in seinen Bauch. Timm krümmt sich vor

Schmerzen. Lässt kurz von Anna ab. Packt sie an den Oberarmen. Schleudert sie in den Alkoven.

Wild blickt er sich um. Reißt die Tür zur Küche auf. Da. In einem Korb auf der Anrichte. Das Brotmesser.

Anna hockt schluchzend in der Ecke ihre Alkovens. Hat sie den ungleichen Kampf aufgegeben? Oder gehofft, Timm würde, entsetzt über sein Tun, durch die Küche ins Freie fliehen?

Sie wehrt sich nicht mehr, als er mit dem Messer auf sie einsticht. Mehr als dreißig Mal, wie später die Ärzte feststellen werden. Sie flüsterte nur noch: „Ik glöv, ik bliev nu doot."

Anna ist tot. Keuchend steht Timm vor ihrem Alkoven. Blickt erschöpft mit kalten Augen auf das, was er angerichtet hat.

Abel fällt ihm ein. Sein letztes Opfer. Er schleudert das Messer an die Wand. Sucht und findet die Axt. Durch die Küche will er. Hinaus auf die Diele und hinauf in die Kammer der 17-Jährigen.

Unterwegs vernimmt er ein Stöhnen. Die Mutter. Er fasst die Axt fester, versetzt der Sterbenden drei, vier letzte Schläge. Hastet hinaus.

Vor der Kammertür hält er inne. Hat Abel etwas mitbekommen? Ist sie gar geflüchtet und nun auf dem Weg zu Schwarzkopfs oder dem Dorfgendarm Ahrens im nahen Beidenfleth?

Erstmals erfasst ihn panische Angst. Alle Selbstbeherrschung muss er aufbieten, um leise die Tür zu öffnen. Er spitzt die Ohren, horcht in die Dunkelheit. Und vernimmt erleichtert die gleichmäßigen

Atemzüge der Dienstmagd, die nach 14-stündiger Arbeit in Haus, Keller und Garten in einen tiefen, traumlosen Schlaf gefallen ist.

Dennoch schleicht er, sorgsam jede Berührung mit Tisch, Stuhl und Kleiderschrank vermeidend, ans Bett, tastet nach Abels Kopf und erschlägt sie mit der Axt.

5

Von der Turmuhr der Beidenflether Kirche hallen zwölf dumpfe Schläge herüber. Mitternacht. Zwischen die Wolkengebirge schiebt sich der Halbmond, in dessen Licht der Mörder erkennt, was er angerichtet hat. Mehrmals hat er zugeschlagen, um in der Dunkelheit den Kopf der 17-Jährigen zu treffen, deren etwas großflächiges Antlitz jetzt eine blutige Masse ist.

Schlägt er die Hände vors Gesicht, um dem Anblick zu entrinnen? Wendet er sich ab, stürzt aus der Kammer, weg, nur weg vom Ort des Grauens? Nein. Timm Thode verharrt in eigentümlicher Erstarrung. Blickt mit großen, kalten Augen auf sein Opfer herab. Kommt es ihm in den Sinn, dass Abel Dehn ihm, dem Sohn ihres Brotherren, immer mit scheuer Distanz begegnete und stumm die Augen niederschlug, wenn die Brüder, oft untereinander zerstritten, sich einig waren, sobald es darum ging, ihm mit abfälligen Bemerkungen ihre Verachtung zu zeigen? Erinnert er sich, dass Abel ihm des Öfteren einen Brotkanten aufs Holzbrett legte, weil der grobe runde Roggenlaib schon zerrissen war und die Anderen sich große Stücke in den Mund schoben und gierig kauten, um satt zu sein, bevor der Herr des Hauses Gabel oder Löffel auf den Tisch legte und damit für alle die Mahlzeit beendete? Timm Thode kennt kein Erbarmen und empfindet keine Reue. Nicht einmal Bedauern, dass Abel, die Arbeitertochter aus Sankt Margarethen, gegen die er keinen Hass hegte, sterben musste wie die Seinen.

Er überlegt die nächsten Schritte. Angestrengt arbeitet sein träger Verstand. Er hat sich vorgenommen, sofort nach der Tötung der Menschen um ihn herum den Hof durch Feuer in Schutt und Asche zu legen. Doch nun erkennt er, dass die Zeit ihm davon zu laufen droht.

Vergeblich versucht er, die aufkommende Hektik zu zügeln. Rennt, als gelte es sein Leben zu retten, aus dem Wohnhaus über den Hof zur Scheune. Schleppt die unter Stroh verborgenen Leichen von Martin, Reimer und Cornils in ihre Kammern.

Den toten Vaters schleift er unter äußerstem Kraftaufwand aus dem Pferdestall ins Schlafzimmer, legt ihn auf das breite Ehebett, daneben die tote Mutter. Nur beim Anblick der fürchterlich zugerichteten Anna stockt er und weicht offenen Mundes zurück.

In der großen Diele hält er keuchend inne. Starrt in die Dunkelheit. Es fällt ihm ein, dass der Vater in seinem Ausgehrock stets eine Brieftasche bei sich trug. Er geht zurück ins Schlafzimmer, nimmt sie an sich, ohne den Inhalt zu überprüfen.

Noch einmal sucht er die Schlafkammern der Brüder und Annas Mädchenzimmer auf. Zertrümmert und plündert die Sparschweine von Reimer und Anna und sucht unter Martins Kleidung die besten Stücke heraus. Dann begibt er sich in die Waschküche, zieht sich aus, steigt in den großen Zuber, reinigt sich gründlich von Kopf bis Fuß, zieht Martins neue Cordhose und dessen Sonntagsjackett an.

6

Der nächtliche Himmel hat aufgeklart. Sterne werden sichtbar, und der Halbmond wirft ein kaltes Licht auf das Anwesen des Marschbauern Johann Thode, den Stördeich und die weite Stille der Wilstermarsch. Es ist eine trügerische Ruhe, denn was hier geschehen ist, wird die Menschen aus ihrem Frieden, dem harten Alltag, den ruhigen Mußestunden, der derb-fröhlichen Geselligkeit an Sonn- und Feiertagen herausreißen. Wird Angst, Misstrauen und Unruhe bringen für lange Zeit.

Timm Thode steht vor dem Tor der großen Scheune, öffnet es und wirft einen gehetzten Blick in die Runde und zum Wagenschauer, der in unmittelbarer Nähe liegt. Erschrocken hält er inne. „Verdammt! Jehann! De liggt dor noch!“

Er hastet zu dem Wellblechschuppen, in dem die Kutsche, mehrere Ackerwagen, Pflüge, Heuwender, Eggen, Handgeschirr und eine Werkbank untergebracht sind. Im Halbdunkel stolpert er fast über den Bruder, der rücklings zwischen dem Landauer und einem Erntewagen liegt. Er weiß, er muss ihn hinausschaffen, in die leicht brennbare Scheune, besser noch, in seine Kammer.

Schon hat er ihn an den Stiefeln gepackt, will den Körper, dessen Größe und Gewicht dem des Vaters fast gleichkommt, aus dem Schauer ziehen, da fährt ihm ein heißer Schreck in die Glieder. Johann, der mit aufgerissenen Augen ins Leere starrt, den Mund wie zum Schrei geformt, hat die linke Hand bewegt. Timm ist zur Salzsäule erstarrt, lässt den Bruder fallen. Verfolgt mit irrem Blick, wie ein Zittern durch den Leib des Totgeglaubten läuft.

Wahnsinnige Angst packt ihn, den Abergläubigen, der als Kind nicht genug bekommen konnte von den Schauermärchen der alten Näherin Lene, von Todesgeistern, einäugigen Riesen, wandelnden Leichen und rachsüchtigen Mordopfern.

Die Knie versagen ihm. Kaum wagt er zu atmen. Und kann doch den Blick nicht wenden von dem vor Stunden Niedergeschlagenen. Schlagartig wird ihm bewusst, dass er „die Sache" nicht zu Ende bringen wird. Dass er, gedemütigt von den groben Brüdern, geblendet von der Aussicht auf Reichtum und Unabhängigkeit, zu hoch gepokert hat.

Der Glockenschlag der Kirchenuhr von Sankt Nicolai, ein einziger, reißt ihn aus der Starre. Mehr kriechend als gehend bewegt er sich zur Werkbank, greift wahllos einen schweren Schmiedehammer. Torkelt zurück. Mehrmals schlägt er zu. Wirft den blutigen Hammer ins Dunkel.

Er wankt hinaus, lehnt sich mit beiden Händen an die Schuppentür und übergibt sich. Der Schreck hat ihm alle Kraft genommen. Und für kurze Zeit auch der kalten Logik beraubt, mit der er bisher seine Verbrechen beging. Unfähig, den schweren Körper Johanns auch nur um einen Meter zu bewegen, lässt er ihn unmittelbar hinter der Tür des Schuppens liegen.

7

Elend fühlt Timm Thode sich. Kraftlos. Ausgelaugt. Er ahnt, dass Johanns Leiche, drinnen im Wagenschauer, ihn entlarven und dem Gericht ausliefern wird. Aber nie, niemals wird er es schaffen, den 200 Pfund schweren Körper in die Scheune oder ins Wohnhaus zu schleifen zu den anderen, die dort mit zerschmetterten Schädeln und verrenkten Gliedern liegen. Mit fatalistischem Gleichmut wird ihm bewusst, dass sein sorgsam vorbedachter und bisher durch Zufälle begünstigter Zeitplan durcheinandergeraten ist. Längst hat die Turmuhr Eins geschlagen. Längst sollten Haus und Hof in Flammen stehen.

Er knirscht mit den Zähnen, wie so oft, wenn Schreckensträume ihn heimsuchen. Wenn klappernde Skelette, Furcht erregende Fratzen, besenreitende Hexen und hungrige Menschenfresser ihn aus dem Schlaf hochschrecken lassen. Täänknacker haben ihn die Brüder genannt. Und ihn mit weiteren Beinamen gefoppt: Dödelkopp, Fuulsack, Dummbüddel, Lakenpisser. Und er weiß: Wenn er nicht binnen einer halben Stunde sein Vorhaben zu Ende bringt, ist er schon in dieser Nacht verloren.

Fahrig reißt er in der düsteren Scheune Zündholz um Zündholz an. Legt Feuer an drei Stellen. Sieht die Flammen gierig am Stroh emporzüngeln. Raus hier! Er versucht zu rennen. Stolpert und stürzt. Weiter, nur weiter! Ins Haus, in die Goode Stuuv, die nur bei Familienfeiern und an Festtagen benutzt wird, oder wenn Besuch kommt. Zwischen mächtigen, mit Schonbezügen geschützten Sesseln und hochlehnigen Stühlen tastet er sich zum Fenster, reißt den Samtvorhang beiseite. Das Vertiko, ein halbhoher Eichenschrank, ist verschlossen. Wieder knirscht Timm mit den Zähnen. „Verdammt!“ Er hat nicht bedacht, dem Alten den Schlüssel abzunehmen, den dieser stets in der Westentasche bei sich trägt.

Suchend blickt er sich um in dem großen, im Mondlicht kalt und abweisend wirkenden Raum. Entdeckt den eisernen Schürhaken neben dem bis zur Decke reichenden weißen Kachelofen. Ungeschickt versucht er, die obere Schublade aufzuhebeln. Das harte, trockene Holz knackt und knirscht. Geschafft!

Er greift hinein. Abrechnungen mit Mühlenbesitzern, Schlachtermeistern, Viehhändlern, Quittungen, ein Schreibblock, das Neue Testament. Fieberhaft sucht er weiter. Findet im untersten Fach die Kassette. Wirft sie durchs Fenster auf den Hof. Springt hinterher.

Die Flammen haben das Dach der Scheune erreicht. Timm rafft die schwere Eichenkassette, hastet in Richtung Hoftor. Schaut sich im Laufen um. Und gerät erneut in Panik. Dat Huus!

Wie eine Trutzburg steht es da in der selbstbewussten, unerschütterlichen Würde, die von großen alten Bauernhäusern ausgeht, jetzt im Feuerschein der brennenden Scheune. Timm wirft die Kassette hin, rennt ins Haus, in die Küche und die angrenzende Besenkammer. Packt einen Stapel alter Zeitungen, reißt sie auseinander, legt Feuer im Schlafzimmer, in Martins Kammer, in der Gooden Stuuv. Er stürzt aus dem Haus, ohne sich noch einmal umzuschauen. Und begeht damit einen weiteren Fehler, der ihn buchstäblich den Kopf kosten wird.

Timm hastet über den Hof. Die Kassette! Da liegt sie, dunkel und schwer, in einer von den Ackerwagen verursachten, nun hartgetrockneten Schlammspur. Er beugt sich, will den Kasten ergreifen, verspürt einen stechenden Schmerz im rechten Knie. Das Hosenbein ist zerrissen. Die Kassette unterm Arm, humpelt er durch das Hoftor, vorbei an gespenstischen Kopfweiden zum Hof von Jakob Schwarzkopf, dem nächsten Nachbarn.

Nicht ein einziges Mal schaut Timm zurück zum Elternhaus. Und bemerkt nicht, dass fast alle Fensterläden geschlossen sind und das Feuer mangels Sauerstoff nur zögernd um sich greift. Es wird am Ende nicht nur Schutt und Asche hinterlassen, sondern Spuren, die das Verbrechen verraten werden.

Erleichtert stellt er fest: Kein Licht im Haus von Jakob Schwarzkopf. Die Nachbarn schlafen. Auf dem seitlich zur Küche führenden, mit Kieseln gepflasterten Gartenweg stolpert er erneut, schlägt hin. Die Kassette landet in einem Rosenbeet. Timm tastet nach ihr, zieht sie im Liegen zu sich heran. Er kriecht, den Kasten vor sich herschiebend, zur Küchentür. Legt sich auf den Rücken. Stöhnt, wimmert, schreit.

8

Hanne Schwarzkopf, die füllige, resolute Bäuerin, erwacht aus leichtem Schlaf. Ärgert sich. Schon wieder die Katzen. Nacht für Nacht schleichen sie ums Haus. Rauben ihr die wohlverdiente Ruhe mit grässlichen Lauten, die jetzt sogar menschlichem Gewimmer gleichen. Aber was ist das? Taghell die Nacht! Sie reißt die verschlafenen Augen auf. Erhebt sich schwerfällig vom Lager. Tappt barfüßig zum Fenster.

Ihr stockt der Atem. Lichterloh brennt die Scheune des Nachbarn. Flammen schlagen aus einigen Fenstern des Wohnhauses. „Joggob! Wook op! Jehanns Hoff brennt!“ schreit sie mit sich überschlagender Stimme.

Jakob Schwarzkopf brummelt unwillig, wirft sich auf die linke Seite. Zu kräftig hat er gestern beim gemeinsamen Besuch mit den Thodes dem Lübecker Rotspon des Bauern Starck zugesprochen. Und liegt nun in bleiernem Schlaf. Hanne rüttelt an seinen

Schultern. „Minschenkind! Wook op! Dat brennt bi Jehann!“

Mit einem Ruck ist der Bauer wach. Sitzt sekundenlang aufrecht im Alkoven. Springt heraus. Und steht nun offenen Mundes am Fenster: „O du leeve Gott!“

Er hastet die Treppe hoch. Reißt die Tür zur Knechtskammer auf. „Hinnerk! Opstahn! Füür bi Nahwer Thod!“ Der junge Knecht ist sofort auf den Beinen, fährt in Hose und Stiefel, reißt die Jacke vom Haken, blickt verstört aus der Dachluke.

„Los! Los!“ drängt der Bauer. Hinnerk stürmt die Treppe hinunter, rennt los. Er nimmt nicht wahr, dass bereits Helfer aus der Nachbarschaft unterwegs sind. Fuchtelt mit den Armen und schreit: „Thod's Hoff brennt! Füür bi Thod‘!“

Johannes, der Sohn, ist bereits im Stall, legt seinem braunen Wallach lediglich das Zaumzeug an und galopiert den Deich entlang ins Dorf, um den Gendarm zu wecken.

Hanne Schwarzkopf ist inzwischen zur Küche hinaus, steht erschrocken vor dem Mann, der vor der Tür liegt und heiser krächzt: „Füür!“ Immer wieder das eine Wort: „Füür!“ Ihr Mann kommt hinzu. Beugt sich nieder zu dem leichenblassen Gesicht. Seitlich schaut er zu Hanne hoch. „Dat is Timm. Jehanns Tweeten.“

Sie tragen ihn hinein, legen ihn auf die Küchenbank. Behutsam bettet Hanne seinen Kopf auf ein Kissen, holt aus der Wohnstube eine Wolldecke, breitet sie über den Körper des Ächzenden. Ihrem Mann nickt sie zu: „Loop röver. Ik tööv hier un lat den Dokder hol'n.“

Timm fühlt sich geborgen in der Nachbarsküche. Er ist sich sicher: Sein Plan ist gelungen. Die Flammen fressen alles, die Scheune, das Haus, die Ställe. Nichts als Asche werden sie übrig lassen. Auch von denen, die er umgebracht hat. Er schließt die Augen. Schlafen will er, nur noch schlafen. Hanne Schwarzkopf schaut, die Hände in die Hüften gestemmt, auf ihn herunter. Schüttelt den Kopf und seufzt: „De arme Jung.“

9

Mühsam humpelt Jakob Schwarzkopf an seinem Krückstock auf dem zerfurchten Feldweg zum Thode-Hof. Es sind nur einige hundert Meter, doch die rheumatischen Gelenkschmerzen machen ihm zu schaffen. Mit Entsetzen und Faszination erfüllt ihn der Anblick der gewaltig lodernden Flammen. Zugleich schiebt sich ihm immer wieder das Bild des jungen Mannes vor Augen, der vor seiner Tür lag.

Warum ist Timm zu ihm gekommen? Hat Johann, der Vater, ihn geschickt? Wohl kaum. Denn Helfer sind, aufgeschreckt durch das Sturmgeläut der Kirchenglocken, längst herbeigeeilt mit Ziehwagen, Schubkarren, kleinen Gespannen, mit Spaten, Schaufeln, Feuerpatschen, Eimern. Nein, der Junge stürzte nicht zu seinem Haus, um Hilfe zu holen. Er muss sich im letzten Moment aus dem brennenden Chaos gerettet haben und in Panik davongerannt sein.

Zwanzig mögen es sein, die nun auf dem Hof in kopflosem Durcheinander versuchen, die heulenden Flammen zu löschen. In fieberhafter Hast schleppen sie Wasser aus dem Hofbrunnen und einem kleinen Teich zu dem bis jetzt vom Feuer verschonten hinteren Hausteil, zur Groot-Deel und den glücklicherweise leeren Rinder- und Pferdeställen, um von dort in den Wohnteil vorzudringen. Sie kommen nicht weit. Qualm nimmt ihnen den Atem, krachendes Gebälk droht sie zu erschlagen. Doch wie in der Seefahrt gilt auch hier eine tief verwurzelte, unumstößliche Solidarität mit Freund und Feind, wenn die Elemente einen Hof zu vernichten drohen.

In einer Hofecke nahe dem Wagenschauer stehen Frauen und einige Kinder und starren ratlos in die alles verschlingende Flammenglut. Jakob Schwarzkopf eilt so schnell er kann auf sie zu: „Jehann. Wo is Jehann? Un de Annern? Sien Froo, de Jungs?“

Die Frauen antworten nicht, schauen verlegen zur Seite. Nils Hauschildt, ein Jungbauer aus der Nachbarschaft und enger Freund der Thode-Brüder, kommt vom Ziehbrunnen mit zwei Wassereimern. Jakob stellt sich ihm in den Weg. Packt ihn am Arm. „Nils! Wo sünd se? Jehann, de Froo, de Jungs?“

Nils stellt die Eimer ab, fährt mit dem rechten Unterarm über die schweißnasse Stirn. „Ik weet dat nich, Joggob, ik weet dat nich.“ Er schaut in das fassungslose Gesicht des Älteren. Dann zum Vorderteil des Hauses: „Se mööt dor ween. Dor binnen.“

Jakob Schwarzkopf hat das Gefühl, eine Eisenfaust drücke ihm die Kehle zu. Der Gehstock fällt ihm aus der Hand. Mit beiden Händen greift er dem Jungbauern ans Revers: „Wat seggst du? Dor binnen? Büst du narrsch?“

Langsam, aber bestimmt löst Nils die Hände des Verzweifelten von seiner Jacke. „Ik weer een vun de Eersten hier. Heff toeerst dacht, se sünd in't Dörp loopen. Hölp hol'n. Awers all tohoop? Jehann harr een vun de Jungs schickt orrer de Fruunslüüd. Niemols weer he sülm vun sien Hoff gahn.“

Er legt Jakob Schwarzkopf die schwielige Hand auf die Schulter. „Ik heff fragt. Jeden, de ankeem. Un keeneen hett se sehn.“ Sein wettergegerbtes Gesicht wird hart und düster. „Se sünd doot, Joggob. All tosamen.“

Nils Hauschildt wendet sich ab. Bückt sich nach den Eimern und geht. Soll Jakob, der Ältere, nicht sehen, dass er weint?

10

In Scharen strömen die Menschen zum Hof des Johann Thode. Nachbarn aus Groß Campen, Handwerker und Händler aus Beidenfleth, Frauen, Halbwüchsige, Kinder. Die Kunde vom Brand des Marschhofes hat nicht nur Helfer aus den Betten getrieben. Aus Wewelsfleth und Hodorf hasten Neugierige am Deich entlang, den Feuerschein vor Augen. Aus Wilster kommen sie, zu Fuß, auf Fahrrädern, manche in ein- oder zweispännigen Kutschen.

In Bahrenfleth, dem durch den Fluss getrennten Nachbarort Beidenfleths, staut sich eine ungeduldige Menge am Fähranleger, gebannt vom Flammenmeer auf dem nur wenige hundert Meter entfernten Thode-Hof am anderen Ufer. Der Fährmann hat alle Hände voll zu tun, die Leute aus der Kremper Marsch hinüberzurudern.

Wie auf einem Ameisenhaufen geht es zu auf dem Hof. Den verbissen rackernden Helfern ist es gelungen, den hinteren Teil des kombinierten Wohn- und Stallgebäudes teilweise zu erhalten. Einige haben Bewässerungsschläuche zur Stör gelegt und bekämpfen mit Handpumpen das Feuer im Wohnteil, in dem immer wieder Brandnester aufflackern und Balken herunterkrachen.

Bei aller Hektik herrscht im Gedränge eine nur ab und an durch Zurufe der Helfer unterbrochene, atemlose Stille. Nur flüsternd und stockend geht von Mund zu Mund, dass sich keiner der auf dem Hof Lebenden vor dem Feuer retten konnte. Das verschlägt auch denen, die von Neugier und Sensationslust getrieben herbeigeeilt sind, die Sprache.

Jakob Schwarzkopf steht wie betäubt inmitten der Menge, unfähig, sich vom Fleck zu rühren. Längst hat er es aufgegeben, nach den Thodes zu suchen oder zu fragen. Mehr als jede Auskunft verrät ihm das betroffene Schweigen, dass sich hier eine Tragödie von erschütterndem Ausmaß ereignet hat.

Aus ihm selbst unerklärlichem Grund vermeidet er, Nachbarn und Bekannten, die ihn kurz und heiser ansprechen, zu berichten, dass sich zumindest ein Familienmitglied retten konnte und in seinem Haus Hilfe und Unterkunft gefunden hat.

Plötzlich kommt nervöse Bewegung in die Menschenmenge. Alle blicken gespannt auf das durch Flammen weitgehend zerstörte Eingangstor zur Groot-Deel. Da wird von drei, vier kräftigen Männern etwas auf einem dicken Brett herausgetragen. Eines der Opfer? Ein Mann? Nein. Eine Frau. Erkennbar an Resten eines Kleides oder Nachthemdes.

Jakob Schwarzkopf hält sich, zitternd und verkrampft, an seinem Gehstock aufrecht. Er will nicht wissen, wen sie aus dem Haus geborgen haben. Weg will er, weg von der Stätte des Grauens. Zurück in die behagliche Geborgenheit seines Hauses. Sich um Hanne kümmern. Und um Timm. Er bahnt sich mühsam den Weg durch die Menge. Schaut sich nicht um und sieht nicht, dass drei weitere Opfer aus dem Haus geborgen werden.

Hinrich Ahrens, in Uniform und mit Pickelhaube auf dem Kopf, holt ihn ein. Legt ihm die Hand auf die Schulter. „Ik heff dien Jehann na Itzeho schickt, na den Justizrood Rötger. De mutt her." Schaudernd blickt er sich um. „Dat hier is toveel för mi alleen. Dat is wat för den Landrichder."

Jakob Schwarzkopf runzelt die Stirn. Er hätte jetzt, in der Stunde der Not, gern seinen vernunftbegabten, zupackenden Sohn an seiner Seite. „Harr dat nich Tied hatt, bet dat hell ward?" Der Gendarm strafft sich, wird Amtsperson: „Joggob, dat hier is nich bloots een Füür. Dat hier is Mord un Dootslag!"

Verwirrt sieht Jakob Schwarzkopf dem Dorfgendarmen nach. Auf dem kurzen, beschwerlichen Heimweg geht ihm nicht aus dem Sinn, was Hinrich Ahrens sagte, bevor er zu dem vom Feuer verschonten Backhaus eilte, hinter dem die vier bisher geborgenen Opfer liegen: „Dat hier is nich bloots een Füür. Dat is Mord un Dootslag!"

Mord und Totschlag? Was hat Hinrich, der ausgeglichene, pflichtbewusste Ordnungshüter, der nie zu Übertreibungen neigt, damit gemeint? Die wachsende, mittlerweile den Fortgang der Löscharbeiten behindernde Menge der Neugierigen? Das in Chaos ausartende Durcheinander der Helfer? Oder gar ...? Jakob Schwarzkopf bleibt stehen, blickt ratlos zu Boden. Oder gar das Schicksal der Toten?

Ik mutt Timm fragen, flüstert er sich zu. Und erinnert sich: De hett mi jümmers allens vertellt. Er beschleunigt seine Schritte, so gut es geht. In der Küche brennt Licht. Er stockt, bevor er die Tür öffnet. Wie soll er Hanne beschreiben, was er erlebt hat? Und Timm, der allein niemals zurechtkommen wird?

Besorgt blickt er zu Hanne hinüber, die, auf einem Küchenstuhl sitzend, eingeschlafen war und trotz seines behutsamen Eintretens aufwacht und ihn mit verquollenen Augen ansieht. Se weet allens, stellt er fest. Hat es erfahren von Nachbarinnen oder Vorübergehenden.

Mit unbeholfener Zärtlichkeit streichelt er ihr Haar, ihr mütterliches Gesicht. Lässt sich seufzend ihr gegenüber am Tisch nieder. Blickt schweigend auf

Timm, der mit geschlossenen Augen flach atmend unter einer Wolldecke auf der Küchenbank liegt.

Mit schläfriger Stimme berichtet Hanne vom Beidenflether Doktor Dreessen, dem beliebten und hoch geachteten Dorfarzt, der eine Art Lähmung der Gehirntätigkeit durch ein erschütterndes Ereignis festgestellt und kühle Essig-Umschläge verordnet hat. Auch habe er beschlossen, beim nächsten Besuch heute Vormittag einen Kollegen aus Itzehoe hinzuzuziehen.

Das macht Jakob Schwarzkopf hellhörig. Ein weiterer Arzt? Bei einem Fall von Ohnmacht aus Erschöpfung? Und wieder schießt ihm durch den Sinn: „Mord un Dootslag“. Doch von dem grausigen Erlebnis auf dem Thode-Hof kommt ihm kein Wort über die Lippen.

„Gah slapen. Ik bliev bi em“, schlägt er seiner Frau vor. Er weiß, dass er trotz seines elenden Zustandes keine Ruhe finden wird. Leicht protestierend und erst, nachdem sie ihrem Mann einen starken Kaffee bereitet hat, schlürft Hanne zu ihrem Alkoven.

Mit einer Mischung aus Mitleid und Sorge betrachtet der alte Bauer das blasse Gesicht des Bewusstlosen. Und ihn erfasst, wie so oft, wenn Timm sich bei ihm beklagte, eine väterliche Zuneigung zu dem verschlossenen Eigenbrötler. Unbewusst nickt er: „Jo, mien Jung, du hest mi jümmers allens vertellt. Hest dien Hart uutschütt, wenn se di to dull argert harrn. Un du warst mi seggen, wat dat op sik hett mit Mord un Dootslag.“

11

Kummervoll schaut Jakob Schwarzkopf aus dem Küchenfenster auf die in der Frühdämmerung gespenstisch in den Himmel ragenden Ruinen des Nachbarhofes. Die Flammen sind erloschen, doch ein leichter Ostwind trägt Rauch und beißenden Brandgeruch herüber. Ausgelaugte Helfer in verschmutzter Kleidung machen sich schleppenden Schrittes auf den Heimweg. Ein paar von ihnen, darunter der Dorfgendarm Hinrich Ahrens, bleiben als Brandwache. Und bei den Toten. Die Menge der Schaulustigen hat sich zerstreut.

Der alte Bauer blickt auf Timm herunter, der unverändert auf dem Rücken im Tiefschlaf liegt. Und er fragt sich, wie er dem Nachbarssohn möglichst schonend die Nachricht vom Tod der Familie beibringen soll und von dem Zustand der bis jetzt geborgenen Leichen, der eindeutig auf ein Verbrechen hinweist.

Gewiss, sinniert Jakob Schwarzkopf, Timm litt unter der Geringschätzung des Vaters, dem Schweigen der Mutter und dem Hohn der Brüder. Umso mehr schätzte er die Anhänglichkeit des 14-jährigen Reimer, der stets Partei für ihn ergriff, wenn de Grooten in ihrer Grobheit zu weit gingen. Und lächelnd steckte er Annas arglose Bosheiten weg, mit denen sie ihn bisweilen kichernd neckte.

Schwer aber hatte es ihn getroffen und nie hat er verwunden, dass er ausgeschlossen wurde, als der Vater Martin, Johann und Cornils eine eigene Schafhaltung erlaubte, einen einträglichen Nebenverdienst.

Die jungen Männer kauften im Frühjahr Lämmer, ließen sie mit Einverständnis des Deichgrafen unentgeltlich auf dem Stördeich und dem fruchtbaren Deichvorland grasen und veräußerten sie im Spätherbst mit beachtlichem Gewinn. Genug, um an Sonntagen im Dorfkrug zu prassen und zu prahlen und auf dem Jahrmarkt in Wilster übertrieben modisch gekleidet die jungen Herren zu markieren, während Timm sich nur selten einen Humpen Bier leisten konnte. Denn Johann Thode zahlte seinen Söhnen keinen Lohn, warf allenfalls an Geburtstagen, zum Erntedank und nach besonders harter Arbeit ein paar Taler auf den Tisch.

Kein Wunder, dass Timm immer wieder versuchte, sich mit kleinen Diebereien und Betrügereien ein Taschengeld zu beschaffen. Und es setzte Prügel vom Vater und von den Brüdern, wenn er erwischt wurde. Bis Johann Thode im Jahr 1860 die Geduld verlor und ihn bei einem Landwirt im Kreis Pinneberg als Kleinknecht verdingte. Lange hielt es Timm weder dort noch auf anderen Hofstellen aus, vernachlässigte die Arbeit, wurde davongejagt oder machte sich nachts heimlich aus dem Staub.

Ganze vierzehn Tage blieb er als Müllerbursche beim Mühlenbesitzer Heinrich Lemcke in Krummendiek. Dann vernichtete am 21. Juni 1864 ein verheerender Brand Mühle und Wohnhaus und brachte den Meister und seine Familie an den Rand des Ruins. Von Timm wurde lobend berichtet, er habe sich an den vergeblichen Löschversuchen buchstäblich bis zum Umfallen beteiligt.

Als er tags darauf vor der Tür seines Geburtshauses stand, abgerissen und stumm um Aufnahme flehend, und Johann Thode ihn wiederum abweisen wollte, sprach die Mutter ein Machtwort: „De Jung blifft hier! Een för allemool!"

„Ik mutt dat eenfach versöken", murmelt Jakob Schwarzkopf. Mühsam steht er auf, packt Timms Schulter, versucht ihn wachzurütteln: „Wook op, Jung! Ik mutt mit di snacken. Ik heff di so veel to fragen!" Doch Timm verharrt in tiefem Schlaf.

12

Johannes Schwarzkopf treibt seinen Holsteiner zur Eile an, stößt ihm die klobigen Absätze seiner Stiefel in die Flanken, gönnt dem Wallach keine Verschnaufpause. Sein Kopf schwirrt wie ein Bienenschwarm. Zuviel ist in den letzten Stunden auf ihn eingestürzt. Auf der Brandstätte reihte sich Johannes sogleich in die Schar der Helfer ein, kämpfte gegen die Flammen ohne Rücksicht auf Leib und Leben.

Als das erste Opfer geborgen war, nahm Hinrich Ahrens ihn beiseite: „Jehann, du ritts na Itzeho. Trummels den Justizrood ut de Puuch. He mutt kamen. Op de Stell. De Saak hier wast mi övern Kopp."

Johannes schwang sich auf den Braunen. Raste zum elterlichen Hof, um das Pferd zu satteln. Licht in der Küche? Er trat näher. Blickte in ein gelblich blasses

Gesicht. „Dat, dat is doch Timm!“ Hanne Schwarzkopf nickte. „Jo. Dat is Timm. He kunn sik redden.“

Er verließ die Küche. Die Mutter eilte hinterher. „Jehann! Wo wullt du hin?“ Da hat er sich bereits aufs Pferd geschwungen. „Ik mutt weg. Na Itzeho.“

Abwechselnd trabend und galoppierend trägt Max den jungen Mann am Fluss entlang, vorbei an Hodorf, Kasenort, Stördorf. Über die Heiligenstedtener Klappbrücke, am schneeweißen Herrenhaus des Lehngrafen Blome vorbei am Stördeich entlang. Da taucht im Frühnebel schon die Silhouette der „Stadt im Grünen“ auf.

Das Domizil des Justizrats Dr. Friedrich Rötger zu finden, macht keine Mühe. Der Gendarm hat ihm die Lage genau beschrieben, und Johannes kennt sich in Itzehoe gut aus.

Hart lässt er den Messingklopfer gegen die Eingangstür fallen. Tastende Schritte auf der Diele. Eine Frau mit Nachthaube und hastig über das Nachtgewand geworfenem Brusttuch öffnet einen Spalt breit. Mustert ihn aus verschlafenen Augen, misstrauisch und vorwurfsvoll: „Was gibt's?“

Johannes atmet tief durch, zwingt sich zur Ruhe: „Ich muss Herrn Justizrat sprechen.“

Die Frau schüttelt den Kopf. „Kommen Sie wieder. In drei Stunden. Der Herr Rat braucht seine Nachtruhe.“ Sie will die Tür zuziehen, doch Johannes behält den Griff fest in der Hand. Wird lauter: „Sofort. Es duldet keinen Aufschub. Es geht um ...“

„Psst!“ Mahnend legt die Frau den rechten Zeigefinder an die gespitzten Lippen. „Nicht so laut, junger Mann. Nehmen Sie doch Rücksicht. Der Herr …“

Schon kommt der Vertreter der Justiz, ein hochgewachsener, kräftiger Mann, in Morgenrock und Pantoffeln die breite Treppe herab: „Was für ein Lärm zu früher Stunde!“ Die Haushälterin öffnet vollends die Tür. Johannes verbeugt sich leicht: „Ich bitte um Entschuldigung, Exzellenz. Ein Feuer in Groß Campen. Der Hof unseres Nachbarn. Mit furchtbaren …“

Unwirsch fällt ihm Friedrich Rötgers ins Wort: „Und deswegen holen Sie mich aus dem Bett?“ Die Haushälterin hat eine Petroleumlampe angezündet, leuchtet Johannes ins verrußte, gequälte Gesicht, fährt erschrocken zurück. Der Rat sieht mit einem Blick, dass Schreckliches geschehen sein muss. „Kommen Sie herein. In mein Arbeitszimmer.“

Fünf Minuten später ruft er nach der Haushälterin: „Emilie! Gehrock, Zylinder, Stiefeletten! Wecken Sie Poel! Und Hermann soll anspannen. Aber zuerst machen Sie uns einen kräftigen Kaffee. Und ein Frühstücksbrot.“ Er nickt zu Johannes hin, der ihm gegenüber am Schreibtisch sitzt. „Herr Schwarzkopf braucht eine Stärkung.“ Und mit einem Blick auf Max, der langhalsig mit hängendem Kopf an der Gartenpforte steht: „Das Pferd muss versorgt werden. Hermann soll ihm Wasser und Hafer geben.“

Im zunehmenden Tageslicht erkennt der Justizrat, dass im Gesicht seines Gegenübers nicht nur Müdigkeit und Erschöpfung geschrieben stehen, sondern auch Trauer, Entsetzen und Wut. Johannes berichtet weiter, sachlich und äußerlich emotionslos. Friedrich Rötgers Miene wird ernst und entschlossen. Nach dem Frühstück erhebt er sich ruckartig. „Es ist angespannt. Wir brechen auf."

Gemächlich reitet Johannes Schwarzkopf durch die Marsch, vorbei an goldgelben Weizenfeldern und mattgrünen Weiden. Schafe grasen auf dem Deich. Ein Bild des Friedens, stellt er bitter fest. Er lässt die Zügel locker, will nach dem scharfen Ritt in die Kreisstadt dem Pferd möglichst jede Anstrengung ersparen. Doch Max, der Vierjährige, hat sich in der knappen Stunde, die Johannes beim Justizrat zubrachte, erholt. Immer wieder fällt er in Trab, so dass der Zweispänner des Dr. Rötger zurückbleibt und bereits außer Sicht ist.

Johannes verspürt bleierne Müdigkeit. Kaum zu Hause, begibt er sich in seine Kammer, nachdem er die baldige Ankunft des hohen Besuchers angekündigt hat. Hanne Schwarzkopf deckt in der Gooden Stuuv den Frühstückstisch. Jakob, der bei der Krankenwache an Timms Lager für zwei Stunden eingenickt war, springt auf, zieht sein Sonntagsjackett an, bringt fahrig sein Haar in Ordnung.

Pferdegetrappel auf dem Innenhof. Er blickt aus dem Fenster. Ein stattlicher Herr entsteigt einer geschlossenen Kutsche. Danach ein schmaler junger Mann im dunkelgrauen Alltagsanzug mit einer Aktenmappe unterm Arm. „Se sünd door", ruft

Jakob seiner Frau zu, „un he hett den Schriever glieks mitbröcht." Er geht aus dem Haus, begrüßt die Gäste.

Nun kommt auch Hinrich Ahrens vom Thode-Hof herüber in seiner verschmutzten und angesengten Uniform. Sein Schritt wird fester, je näher er dem Haus kommt. Vor dem Justizrat strafft er sich, knallt die Hacken zusammen, grüßt militärisch. Friedrich Rötger winkt ab, gibt ihm die Hand. „Moin, Ahrens. Alles im Griff?" Diensteifrig berichtet der Gendarm. Bis der Bauer ihn unterbricht: „Lat uns in't Huus gahn."

Das üppige Frühstück lehnt Rötger ab, begnügt sich mit einem Kaffee, stellt Fragen, während der Gerichtsschreiber eifrig protokolliert. Schnell hat sich der Mann aus Itzehoe einen umfassenden Überblick verschafft. „Von wie vielen Tätern geh'n Sie aus?"

„Mindestens drei, Herr Rat", antwortet Ahrens. „Es wurden drei verschiedene Mordwaffen benutzt: eine Axt, ein Messer und eine Art Keule."

Friedrich Rötger nickt. „Tatzeit?"

„Von zehn, als alle schlafengegangen waren, bis kurz nach eins, da wurde zunächst die Scheune angesteckt. Anschließend das Wohnhaus und die Ställe."

„Beute?", fragt der Justizrat weiter. Hinrich Ahrens zuckt die Schulter: „Konnte bislang nicht ermittelt werden."

Der Rat stützt das Kinn auf die geballte linke Faust. „Hm. Acht Tote. Ein Großfeuer. Und wofür das alles?"

Beeindruckt stellt Hinrich Ahrens fest, wie professionell Rötger die Sache angeht. Der fragt weiter, knapp und amtlich: „Alle Leichen geborgen?“

„Vier haben wir rausgeholt. Drei liegen noch im Wohnbereich. Zwei davon fast völlig verkohlt.“

„Fehlt also die achte“, stellt Rötger lakonisch fest.

Ahrens nickt: „Johann, der Drittälteste. Wir haben ihn nirgends entdeckt.“

Jetzt fällt dem Justizrat ein: „Sie haben einen Zeugen, den zweitältesten Sohn.“

„Ja, Timm“, antwortet Jakob Schwarzkopf, „aber der ist ohne Besinnung und nicht vernehmungsfähig. Wir warten auf die Ärzte.“

Friedrich Rötger zieht die Augenbrauen hoch: „Ärzte? Ist er so schwer verletzt?“

„Das nicht“, antwortet der Bauer, „aber Doktor Dreessen, unser Landarzt, will einen Kollegen aus der Stadt hinzuziehen.“

Umständlich zündet der Justizrat eine Zigarre an. Schwerfällig erhebt er sich aus dem Lehnstuhl, nickt dem Gendarm zu: „Machen wir uns auf zum Tatort.“ Auf dem Weg zur Tür hält er inne: „Vorher guck’ ich mir noch den Überlebenden an.“

Am Küchentisch sitzt Hermann, der Kutscher, dem Hanne ein kräftiges Frühstück bereitet hat. Friedrich Rötger klopft ihm auf die Schulter, tritt an die Küchenbank, betrachtet nachdenklich den Liegenden. „Armer Teufel!“

13

Bleich und schmallippig sitzt Dr. Friedrich Rötger in seiner Kutsche. Was er in den letzten Stunden gesehen und nachempfunden hat, ist ohne Vergleich mit den menschlichen Irrungen und Wirrungen, die ihn Jahrzehnte lang beschäftigt haben. Durch knöchelhohe, schwarze Asche ist er gestapft an der Seite des besorgten Dorfgendarms, gefolgt von seinem Schreiber Poel, der gelbgesichtig mit zitternden Händen protokollierte. „Da müssen wahre Teufel gewütet haben", murmelt er und denkt mit Schaudern an das Erlebte zurück.

Nach langem Suchen fanden sie im Wagenschauer Johanns Leiche. Trotz der blutgetränkten Kleidung erkannte Rötger, dass der Drittälteste der Thode-Brüder ein Jackett nach englischer Mode, eine Feincord-Hose und Stiefel aus Juchtenleder trug.

„Er kann nicht Hals über Kopf geflüchtet sein", stellt Rötger fest. „Hat er sich im Wagenschauer versteckt und ist dort erschlagen worden?"

Im Pferdestall entdeckten sie die beiden Schäferhunde. Einer war mit einem groben Strick an einem Querbalken aufgehängt worden, der zweite hatte sich mit durchschnittener Kehle in eine Ecke geflüchtet und war dort verblutet.

Friedrich Rötger fühlt sich schwach und elend. Zugleich regt das Entsetzen über das Ausmaß des Verbrechens seinen pragmatischen Verstand an. Das Motiv! Rache? Er hat sich umgefragt und erfahren, dass die Thodes keine Feinde hatten und hohes Ansehen genossen. Habgier? Wer sucht sich für einen Überfall einen Hof aus, auf dem sechs Männer und zwei scharfe Hunde einem Räuber keine Chance bieten?

Er blickt über die fast baumlose Marsch. Verdammt! Wir sind nicht im Spessart oder im Thüringer Wald. Wie soll hier eine Bande wie Zieten aus dem Busch hervorbrechen, blindlings morden, sinnlos Feuer legen und dann wieder in den Wäldern verschwinden?

Immer klarer wird dem Justizbeamten, dass der Schlüssel zu seinen Ermittlungen in der Aussage des Überlebenden liegt. Vor der Heimfahrt hat er noch bei den Schwarzkopfs hereingeschaut. Zwei Ärzte standen an Timms Lager. „Eine treffliche Diagnose", bestätigte Dr. Götze aus der Kreisstadt seinen Beidenflether Kollegen. Er wandte sich an Hanne Schwarzkopf: „Weiterhin wechselnde kühle Essigumschläge. Und nicht versuchen, ihn zu wecken." Nun bemerkte er den an der Tür stehenden Rötger, ahnte dessen Absicht. „Keine Chance, Herr Justizrat. Der Patient darf nicht gewaltsam geweckt werden."

Zu Hause, kopfschüttelnd von der Haushälterin empfangen, nimmt er ein Bad in der großen Holzbalge, kleidet sich neu an, verzehrt stehend ein kaltes Hühnerbein und eilt in sein Bureau in der Justiz-Dienststelle. Den jämmerlichen Zustand seines Gehilfen, der ermattet am Schreibpult steht, ignoriert er und diktiert:

In der Nacht vom 7. auf den 8. August wurden der Hofbesitzer Johann Thode im adeligen Gut Campen mit seiner Familie, bestehend aus Frau, Tochter, vier

Söhnen und einem Dienstmädchen, soweit bis jetzt ermittelt, gewaltsam ums Leben gebracht. Das an mehreren Stellen angezündete Haus ist abgebrannt, während das Ereignis entdeckt wurde. Die Leichen wurden zum Theil in verkohltem Zustand gefunden, und der einzige Bewohner, der sich noch am Leben befindet, ist in bewußtlosem Zustande. Sämtliche Landesbehörden werden ersucht, auf alles zu achten, was möglicherweise zur Entdeckung dieses Verbrechens dienen kann, insbesonderheit auf verdächtige Personen zu vigilieren, die Reiserouten angehaltener Personen genau zu erforschen und etwaige Verdachtsgründe hierher mitzuteilen.

Groß Campener Justiariat zu Itzehoe,
den 9. August 1866
F. Rötger

Das Schreiben geht per Reitboten sowie über den neu angeschafften Telegraphen an Justizbehörden, Polizeidienststellen und mehrere Zeitungen und löst eine nie erlebte Großfahndung aus. Zugleich bittet Rötger in einem Brief an das Oberkriminalgericht in Glückstadt um die Einsetzung einer Untersuchungskommission.

Es dunkelt bereits, als Friedrich Rötger seinen erschöpften Gerichtsschreiber nach Hause entlässt. Er weiß, dass auch er sich zur Ruhe begeben müsste nach dem härtesten Tag in seiner gesamten Laufbahn. Doch ihn hat eine nervöse Unruhe gepackt, die den Gedanken an Schlaf vergessen lässt.

Mit ungezählten Delikten hat sich der promovierte Jurist im Laufe der Jahre befassen müssen: Diebstahl, Erpressung, Kuppelei, Hurerei, Unfug, Tumult, Betrug, Raub, verbotenes Glücksspiel, öffentliche Trunkenheit, Bettelei, Vagabundiererei. Einmal auch mit einem Todesfall. Eine junge Frau misshandelte ihr uneheliches Kind, das an den Folgen starb. Als Hüter der Rechtsordnung, Beobachter deren Einhaltung und Richter bei Verstößen musste er sich mit Nachbarstreit, Erbauseinandersetzungen, Dienstversagen und läppischen Beleidigungsklagen befassen. Sein scharfer Verstand und sein Gespür die für rechtliche Einordnung vorgebrachter Klagen verschafften ihm in Stadt und Land Ansehen und Respekt. Dennoch ahnt er, dass dieses Verbrechen ihn überfordern wird und unter einen Erfolgsdruck setzen, dem er nicht gewachsen ist.

Erneut greift er zur Feder, ordnet den Einsatz berittener Feldgendarmen an, die sofortige Festnahme jedes noch so gering Verdächtigen. Die Bauern sollen ihre Felder nach Spuren und Beweisstücken absuchen. Scheunen, Schafställe und Heuschober sind in weitem Umkreis um den Tatort sorgfältig zu überprüfen.

Zugleich gesteht der Justizrat sich ein, dass hektische Betriebsamkeit die Ermittlung nicht voranbringt, solange ihn nicht ein klares Indiz auf die Spur der Täter führt. Dazu bedarf es vor allem der gründlichen Vernehmung des Überlebenden. Morgen, nimmt Rötger sich vor, morgen werde ich ihn befragen. Und wenn ich ihn persönlich wecken muss!

Der Entschluss beruhigt seine Nerven. Gemächlich lehnt er sich in den Schreibtischsessel zurück, zündet sich eine Zigarre an und holt aus dem Eckschrank eine Flasche trockenen Rotweines, die ansonsten wichtigen Besuchern vorbehalten ist.

Gegen 10 Uhr am nächsten Tag ist Friedrich Rötger wieder auf dem Thode-Hof. Zufrieden stellt er fest, dass Hinrich Ahrens die üblichen Vorkehrungen getroffen hat. Die abgebrannten Gebäude sind vor dem Betreten Unbefugter gesichert, zwei Männer als Brandwache eingesetzt. Keine Neugierigen weit und breit, wundert sich der Justizbeamte. Weiß er doch, welches Entsetzen in der gesamten Marsch herrscht. Dass über nichts anderes gesprochen, geflüstert, diskutiert wird. Zugleich, so scheint es ihm, lassen Angst und Misstrauen die Menschen den Ort des Grauens meiden. Nur auf dem nahen Stördeich steht eine Gruppe Erwachsener und blickt immer wieder kopfschüttelnd hinüber zum Hof.

Knapp eine Stunde später betritt Friedrich Rötger das Nachbarhaus und erfährt, dass Timm am Morgen aus 30-stündiger Ohnmacht erwacht ist.

„Er ist sehr schwach“, flüstert Hanne Schwarzkopf ihm zu. „Hat nur um ein Glas Wasser gebeten und fragt andauernd nach den Seinen.“ Seufzend fügt sie hinzu: „Und Jakob ist nicht im Stande, es ihm zu sagen.“

Friedrich Rötger atmet tief durch, gibt sich einen Ruck und tritt an die Küchenbank.

Timm starrt zur Decke, knirscht mit den Zähnen. „Wat is los? Worüm seggt mi keeneen wat? Wo sünd mien Öllern, mien Bröder, mien lütt Anna?" Er bemerkt Rötger. Blinzelt ihn an. Erschrickt. Eine Amtsperson? Oder gar ein Kriminaler?

Jakob Schwarzkopf ist hinzugekommen, streichelt Timms linken Oberarm: „Dat is Dokder Rötger ut Itzeho." Er zieht einen Stuhl heran, bietet Justizrat Rötger den Platz an, während er selbst stehen bleibt.

„Ich habe Ihnen etwas Trauriges mitzuteilen, Herr Thode. Ihre Eltern und Geschwister sind tot. Auch Abel konnte sich nicht retten."

Aufmerksam beobachtet Rötger die Reaktion. Timm schreit auf. Wirft sich auf den Bauch. Beißt ins Kopfkissen. Schluchzt und wimmert. Und Friedrich Rötger ist sich sicher: Der junge Mann ist ein bedauernswertes Häufchen Unglück.

„Das Beste ist, wir lassen ihn erst mal allein." Jakob Schwarzkopf legt dem Justizrat die Hand auf die Schulter. Der lässt den Blick nicht los von dem schluchzenden Timm, erhebt sich zögernd und folgt dem Bauern in die Goode Stuuv. Viel gäbe es zu besprechen. Doch die Männer sitzen sich an dem runden, sorgfältig gedeckten Tisch schweigend gegenüber, während Hanne mit vorgetäuschter Geschäftigkeit Tee einschenkt und Kleingebäck serviert.

Jakob Schwarzkopf steht auf und holt aus dem mächtigen Stubenschrank eine Flasche Halbbittern und zwei Gläser. „Ich glaub' den könn'n wir brauchen."

Doch Rötger winkt ab. Was er jetzt braucht, ist ein klarer Kopf.

Johannes, der nach dem Melken die Pferde und die Schweine versorgt hat, schaut zur Tür herein, will sie schnell wieder schließen, als er den hoogen Besöök erblickt.

Der Justizrat steht auf: „Kommen Sie doch herein, Herr Schwarzkopf." Unschlüssig bleibt Johannes in der Tür stehen, blickt zum Vater: „Weet he allens?" Jakob Schwarzkopf nickt. Als der Sohn sich anschickt, in die Küche zu gehen, packt Hanne mit beiden Händen seine Unterarme: „Lat em in Rooh!"

Johannes reißt sich los: „Ik will weeten, wat passeert is mit mien besten Fründ Jehann! Mit mien sööte Abel!"

Die Mutter greift erneut zu, zaghafter diesmal: „Ik beed di, Jung, lat em sik besinnen." Sie sieht zu Friedrich Rötger herüber: „Un nahher ward de Herr Rood mit em snacken."

Dieser hat die unvermittelt heftige Szene überrascht beobachtet. Woher die Wut des jungen Schwarzkopf? Er erinnert sich, aus ersten Gesprächen mit dem Dorfgendarm herausgehört zu haben, dass Johannes ein Auge auf Abel geworfen hatte, die ihn aber mit entwaffnender Keckheit abwies: „Wat wullt du mit 'n Kööksch? Söök di 'n Buurndochder." Auch war von einer geradezu blutsbrüderlichen Freundschaft mit Johann, dem Drittältesten der Thode-Söhne, die Rede. Und schließlich weiß Friedrich Rötger, dass eine Tragödie dieses Ausmaßes bisweilen einen irrationalen, unterschwelligen Zorn auf Davongekommene zur Folge hat.

Immerhin hat Johannes' Erscheinen und seine hinter unbeherrschter Wut versteckte Verzweiflung die Schweigsamkeit gebrochen. Außerdem erkennt der Ermittler in dem Schwarzkopf-Sohn einen wichtigen Zeugen. So fragt er, als sich dieser an den Tisch gesetzt hat, eher beiläufig:

„Können Sie sich erklären, Herr Schwarzkopf, warum Vater Thode, seine Frau und die Söhne ganz oder zumindest teilweise bekleidet waren, obgleich sie, bis auf Johann, im Schlaf überfallen wurden?"

Zu seiner Überraschung antwortet der Vater: „Das hat seine ganz eigene Bewandtnis. Johann, der Alte, hatte schon immer eine unerklärliche Angst vor Blitzschlag. Und als im Juni ein kalter Schlag das Haus traf, steigerte sich das. Er brachte vor kurzem sogar die Kassette mit Bargeld, Wertpapieren und Silberschmuck zu mir. Bis ich vor ungefähr zwei Wochen sagte: ‚Jehann, de Blitz kann bi mi jüst so gau inslagen as bi di.' Danach hat er mehrmals den Kasten über Nacht im Backhaus untergebracht. Und der Familie streng befohlen, zum Schlafen nur noch Jacke oder Oberkleid auszuziehen."

„Ein Punkt für Timm", stellt Rötger fest. Und Jakob Schwarzkopf fragt verwundert: „Wieso für Timm?"

14

Aufrecht sitzt Timm auf der zum Krankenlager umfunktionierten Küchenbank. Hanne Schwarzkopf hat ihm ein Kissen hinter den Rücken geschoben, ihm Tee und Gebäck hingestellt. Doch Timm rührt nichts an, fragt nur mit leicht erregter Stimme: „De Mann, de Dokder Rötger, wat will de vun mi?"

Da erscheint Rötger, schiebt einen Stuhl heran, setzt sich und fixiert Timm mit nachdenklichem Blick. „Ich bin Justizrat und mit der Ermittlung des schrecklichen Ereignisses beauftragt. Sind Sie in der Lage, mir ein paar Fragen zu beantworten?"

Timms Gesicht wird um einen Schein fahler. Nun wird ihm vollends bewusst, dass sein Plan misslungen ist. Asche sollte übrig bleiben. Nichts als Asche. Und jetzt sitzt ein Kriminaler vor ihm und und stellt gefährliche Fragen.

Geahnt hat er es schon während seiner „Ohnmacht", die, wie er später zugeben wird, vorgetäuscht war. Zwar war er über Stunden hinweg in tiefen, ohnmachtsähnlichen Schlaf gesunken, doch in halbwachen Zwischenphasen hat er diesen Zustand simuliert und aus erregtem Flüstern zwischen Hanne und Nachbarinnen herausgehört, dass von Mord un Dootslag die Rede war.

Blitzschnell erkennt er, dass er sich auf eine völlig neue Situation einstellen muss. Der weißhaarige, elegant gekleidete Herr, nur einen halben Meter von ihm entfernt, forscht nicht nach der Ursache eines verheerenden Großbrandes. Der sucht einen Mörder.

Oder mehrere, schießt es Timm durch den Kopf. Eine Bande von Räubern, die einen Hof überfielen, die Bewohner massakrierten und die Gebäude in Brand setzten, um Spuren zu verwischen. Und er, Timm, ist ihnen zufällig entkommen.

Als hätte er Timms Gedanken erraten, stellt Rötger fest: „Sie haben unwahrscheinliches Glück gehabt, den Mördern zu entkommen."

Timm entgeht, dass der Herr Justizrat das Wort unwahrscheinliches leicht betont hat. „Wer kann das getan haben?", stammelt er mit tränenerstickter Stimme.

Rötger lehnt sich zurück: „Ich weiß es nicht. Noch nicht. Aber seien Sie sicher, wir werden es herausfinden."

„Wir?" Timms Mattigkeit ist verflogen. Rötger nickt bedächtigt: „Noch heute wird eine Commission eingesetzt unter meiner Leitung. Alle Polizeistellen des Landes sind informiert." Friedrich Rötger lässt den Blick nicht vom Gesicht des jungen Mannes, der sich nun nicht mehr bleich und benommen gegen das Kissen lehnt, sondern sich zusehens ereifert.

„Gut so. Sie müssen sie finden. Die Verbrecher, die meine Familie ..." Timm stockt, blickt den Dokder misstrauisch an: „Aber, was kann ich dabei tun?"

Der erfahrene Beamte legt seine Hand auf Timms Arm: „Sehr viel, Herr Thode. Sehr viel. Und Sie werden mir alles erzählen. Jede noch so unwichtig erscheinende Kleinigkeit." Timm seufzt: „Also gut. Fragen Sie."

Friedrich Rötger strafft sich: „Es ist vieles merkwürdig an Ihrer Rettung. Sie sind einem fürchterlichen Blutbad entkommen. Als Einziger. Ohne Verletzungen. Mitsamt dem im Haus befindlichen Vermögen. Sie müssen zugeben, dass das Fragen aufwirft."

Timm fährt hoch. Hebt abwehrend die Hände: „Sie glauben doch nicht, dass ich etwas ..."

Friedrich Rötger schüttelt ungeduldig den Kopf: „Was ich glaube, spielt keine Rolle. Nur was ich weiß. Und um dieses Wissen zu erweitern, bitte ich Sie um Ihre Mithilfe."

Hanne kommt mit dem Teegeschirr aus der Gooden Stuuv, blickt besorgt auf Timm, dann zum Ermittler: „Herr Rat, der Dokder hat angeordnet ..." Rötger hebt beruhigend die rechte Hand: „Ich weiß, gute Frau. Aber der Patient scheint mir durchaus in der Lage, ein paar Fragen ..."

„Ein paar Fragen?" schreit Timm wütend. Und verfällt in seine Umgangssprache. „Dat is een Verhöör. As wenn ik ... Un dorbi heff ik allens verloorn."

„Nicht alles", sagt Dr. Rötger schärfer als beabsichtigt, „Sie sind immerhin Erbe eines stattlichen Vermögens."

Zweifelnd beißt sich Friedrich Rötger auf die Unterlippe. Und fragt sich, ob es nicht zu hart, zu herzlos war, einem Menschen, der gerade den Verlust seiner gesamten Familie erfahren hat, auf das zu erwartende Erbe anzusprechen. Ihm als Trost vorzuhalten, er habe nicht alles verloren.

Hat er sich getäuscht, als er für den Bruchteil einer Sekunde in Timms Augen Gier aufblitzen sah? Sofort hat sich dessen bleiches Gesicht wieder verfinstert und verschlossen. Doch der Jurist weiß, dass er die Gunst der Stunde nutzen, am Ball bleiben muss. So fährt er ungerührt fort: „Sie konnten eine Kassette retten. Kennen Sie den Inhalt?"

Timm schüttelt den Kopf: „Papiere, glaub' ich. Schmuck von meiner Mutter. Silberbestecke. Vielleicht auch Bargeld. Ich hab' nicht reingeguckt."

Rötger blickt zu Hanne hinüber, die sich am Küchenschrank zu schaffen macht. „Sie haben die Kassette sichergestellt?" Hanne ist verwirrt. Begreift nicht, dass der Holzkasten wichtiger ist als die vielen offenen Fragen nach dem Verlauf der Tragödie und Timms Rettung.

Jakob Schwarzkopf, der sich erhoben hat, als Johannes mürrisch und wortlos die Goode Stuuv verließ und an die Arbeit ging, hat Rötgers letzte Frage mitbekommen. „Sie ist oben. In meinem Alkoven. Ich hol sie."

Scharf beobachtet der Justizrat Timms Miene, als der Bauer die Kassette auf den Küchentisch wuchtet. Aber Timm betrachtet emotionslos den Kasten und schweigt. „Der Schlüssel fehlt", stellt Jakob Schwarzkopf fest. Beide blicken Timm fragend an. Der zuckt die Schultern: „Weiß nicht."

Nicht nachlassen, spornt Rötger sich an und wendet sich dem Hausherrn zu: „Haben Sie ein brauchbares Instrument?" Jakob Schwarzkopf ist irritiert: „Aufbrechen?" Dann aber fällt ihm ein, dass eine Amtsperson anwesend ist, der Ermittler sogar.

In wenigen Minuten hat er mit einem schweren Schraubenzieher die Holzkiste geknackt. Und Friedrich Rötger braucht kaum länger, um den Inhalt abzuschätzen: Aktien und Obligationen im Wert von mehr als 40 000 Talern, teurer Schmuck, edles Tafelgeschirr und 2000 Silbertaler. Jakob Schwarzkopf kann sich nicht verkneifen, seinen Lieblingsspruch anzubringen: „Een gooden Buur hett sien Hoff noch mool mang de Wäsche liggen."

Rötger lächelt säuerlich, zeigt auf die Kassette: „Die ist vorerst beschlagnahmt." Und fügt, auf Timms verständnislosen Blick, hinzu: „Sie erhalten alles zurück. Nach Klärung des Falles."

Erleichtert bemerkt Timm, dass der Herr Rat aufsteht, sein Jackett zuknöpft, nach Stock und Zylinder greift. „Noch eine Frage: Haben Sie die Täter gesehen? Vielleicht erkannt? Und wie viele waren es?"

„Fünf oder sechs. Ich weiß nicht genau. Ich war total in Panik. Sie standen bei der Scheune. Dann hat einer auf mich geschossen."

Rötger hebt ruckartig des Kopf: „Geschossen?"

Timm nickt eifrig: „Ja. Zweimal sogar."

Er hat die Geschichte auch dem Doktor Goetze erzählt, der kurz nach Rötgers Ankunft das Haus verließ, dem Justizrat aber noch nicht davon berichtete. Als der sich zur Tür wendet, offenbar nicht neugierig auf Einzelheiten, ruft Timm ihm nach: „Mehr weiß ich nicht!"

Rötger, die Hand schon am Türknauf, wendet sich ihm zu: „Oh doch, Herr Thode. Sie wissen mehr. Und Sie werden es der ermittelnden Commission berichten. Übermorgen im Itzehoer Justizamt. Beim ersten Verhör."

15

„Tscha. Da haben die uns einen hübschen Brocken vorgesetzt. An dem werden wir zu knabbern haben." Hans Peter Jacobsen lehnt sich in dem Schreibtischsessel zurück, greift zum Weinglas, hält es gegen das Licht. „Also. Auf gute Zusammenarbeit!"

Friedrich Rötger prostet zurück. Seinen Verdruss lässt er den Kollegen nicht merken. Auf seinen gehorsamsten Antrag um die Bildung einer Commission hat das Präsidium des Obergerichts in Glückstadt ihm den kurz vor der Pensionierung stehenden Justizrat und Landrichter zugeordnet. Der Gerichtsschreiber Poel möge außerdem weiterhin das Protokoll führen.

Persönlich hat Rötger nichts gegen den ihm seit langem bekannten Juristen. Ein Mann, der sorgfältig abwägt, bevor er eine Entscheidung trifft. Möglicherweise sogar ein Pendant zu seinem eigenen, sich bisweilen ins Cholerische steigernden Ehrgeiz.

Immerhin haben die Glückstädter dem Zusatz seines Antrags stattgegeben, dass es den ermittelnden Richtern freistehen möge, nach Umständen zu handeln. Und das bedeutet: Zeugen vernehmen, Haussuchungen durchführen, Verdächtige arretieren, Polizeieinsätze anordnen.

Jacobsen beugt sich aus dem Sessel hervor: „Was ist mit dem Überlebenden? Man hört so allerhand."

Rötger nickt: „Wohl wahr. Und eigentlich verständlich. Er ist der Alleinerbe. Und nicht besonders beliebt. Da brodelt die Gerüchteküche. Aber in zwei Stunden haben wir ihn hier. Und können Fragen stellen."

Er reicht dem Kollegen die Akte herüber: „Das bisherige Ergebnis. Ziemlich mager." Was dort von Poel mit buchstäblich spitzer Feder notiert ist, lässt den weißhaarigen Justizrat immer wieder schaudernd aufseufzen. Schließlich gibt er das Konvolut zurück: „Und die Räuberbande? Hat sich in Luft aufgelöst?"

Friedrich Rötger starrt grimmig ins Glas: „So scheint es. Auf und davon. Und ohne nennenswerte Beute."

Jacobsen stützt den Spitzbart auf die geballte Linke: „Warum ließen sie es darauf ankommen, bei der als sparsam bekannten Familie nichts zu erbeuten? Gingen das Risiko gefährlicher Gegenwehr ein? Höchst seltsam."

„Ich weiß, es reimt sich alles schwer zusammen." Friedrich Rötger blickt zur Standuhr: „Wir haben noch ein bisschen Zeit. Gönnen wir uns ein kleines Frühstück. Und dann nehmen wir den einzigen Tatzeugen in die Mangel."

Pünktlich um zehn erscheint Timm zur Vernehmung. Sorgfältig frisiert und in gepflegter Kleidung, die Hanne gewaschen und gebügelt hat. Jakob Schwarzkopf, der auf Rötgers Vorschlag für Timm die Nachlassregelung und Vermögensverwaltung übernommen hat, begleitet seinen Schützling. Die Einladung, Platz zu nehmen, schlägt er aus. Er weiß, dass selbst als Timms Kurator seine Anwesenheit während des Verhörs unerwünscht ist und entschuldigt sich mit unaufschiebbaren Behördengängen.

„Nun erzählen Sie mal", beginnt Friedrich Rötger, kaum dass die Tür hinter Jakob Schwarzkopf ins Schloss gefallen ist. Und fügt, mit Blick auf den am Schreibpult stehenden Poel hinzu: „Aber langsam, damit alles fein säuberlich zu Papier kommt."

Timm zögert: „Wo soll ich anfangen?"

„In medias res", ermuntert ihn Jacobsen, der Lateiner, und auf Timms verständnislosen Blick: „Mitten hinein in die Sache. Sagen wir: Als Sie erwachten vom Feuer."

Timm berichtet, wie er durch geheulartigen Lärm erwachte und durch eine unnatürliche Helligkeit. Im Haus herrschte Totenstille, und er nahm an, die Eltern und Geschwister hätten sich bereits gerettet und seien vielleicht schon mit dem Löschen beschäftigt. Panikartig ergriff er die Kassette, die ihm sein Vater fünf Tage zuvor anvertraut hatte, und sprang aus dem Fenster.

Hans Peter Jacobsen hebt die Hand, will eine Zwischenfrage stellen. Aber Rötger winkt ab. Erst wenn Timm seine Angaben beendet hat, soll das Verhör beginnen.

„Weiter“, drängt Justizrat Rötger. „Erzählen Sie weiter.“ Der drohende Unterton verunsichert Timm. Er spürt, dass die Ermittler an seiner Geschichte zweifeln, Ungereimtheiten entdecken. Geradezu körperlich fühlt er ihr Misstrauen.

Das große Bureau im Itzehoer Justizamt, der riesige Schreibtisch, die hohen Fenster, die prall mit Aktenordnern gefüllten Schränke – das alles schüchtert ihn ein. Dazu die beiden schwarzgekleideten Respektspersonen. Ermittler, die ihr Opfer ans Messer liefern wollen.

Ängstlich schielt er zu dem neuen, ihm bislang unbekannten Herrn Rat hinüber, sucht Blickkontakt. Hans Peter Jacobsen begegnet seinem Blick mit freundlicher Distanz. „Sie sprangen also aus dem Fenster. Die Kassette unterm Arm?“

Timms flatternder Atem beruhigt sich. „Nein, ich hab sie rausgeworfen. Und bin dann hinterher. Und dann sah ich sie.“

„Wen?“, fährt Rötger dazwischen.

Timm wendet sich bewusst wieder dem neuen Herrn Rat zu: „Erst hab ich gedacht, da sind sie ja. Mein Vater und die andern.“

„Wo genau standen sie?“ Erneut ignoriert Rötger die mit dem Kollegen getroffene Absprache, den Zeugen erst einmal ohne Unterbrechung sein Erlebnis schildern zu lassen. Timm schweigt.

Jacobsen knüpft an Rötgers Frage an: „War es nicht zwischen Backhaus und Scheune?“

Timm nickt: „Mehr nach der Scheune hin. Ich hab sie angerufen: Da seid ihr ja. Oder so ähnlich. Dann hat einer geschossen. Die Kugel sauste direkt an meinem Kopf vorbei." Er atmet tief durch, als schrecke ihn die Erinnerung.

„Und dann?" Über seinen Kneifer hinweg fixiert Jacobsen den Hauptzeugen.

„Dann hab ich die Kassette genommen und bin weggerannt. Und dann hörte ich noch einen Schuss. Bei Schwarzkopf haben sie mich gleich entdeckt und reingeholt. Mehr weiß ich nicht."

Gemächlich zündet sich Friedrich Rötger eine Virginia an. Und bemerkt, so beiläufig wie möglich: „Das Hoftor stand offen."

Instinktiv spürt Timm die Gefahr. Der Doktor Rötger aus Itzehoe weiß also, dass das hohe, stabile Tor mit den scharfen Eisenspitzen sowie der breite Wassergraben rund ums Gehöft das Thode-Anwesen zu einer Art Festung machten. Siedend heiß fällt ihm ein, dass er nach dem Transport des toten Vaters das Tor nicht verschlossen hat.

„Sieht aus, als wenn jemand die Räuber hereingelassen hat", bohrt Rötger weiter.

Timms Augen weiten sich, doch er entgegnet mit entwaffnender Harmlosigkeit: „Aber doch keiner von uns." Und der Justizrat stellt fest, dass er Timms Gerissenheit unterschätzt hat.

Er steht auf, geht rauchend auf und ab, bleibt vor Timm stehen: „Wir können uns nicht erklären, wie es den Fremden gelang, bei Nacht aufs Grundstück zu kommen. Und ebenfalls unbemerkt ins Haus. Um dort acht Menschen umzubringen." Scharf blickt er Timm in die Augen: „Das verstehn Sie doch. Oder?"

„Ja“, nickt Timm ergeben. „Ja. Das versteh ich.“

Es klopft. „Nur herein!“ ruft Rötger aufgeräumt. Jakob Schwarzkopf steckt vorsichtig den Kopf zur Tür herein, will sich, eine Entschuldigung murmelnd, zurückziehen. Doch der Justizrat winkt ihn heran: „Wir sind fertig. Für heute.“

Timm reißt den Kopf hoch: „Für heute? Ich hab doch alles ...“

Jacobsen klopft ihm beruhigend auf den Unterarm. „Ein paarmal brauchen wir noch Ihre Mithilfe. Sie wollen doch auch, dass die Täter schnell gefasst werden.“

„Natürlich“, Timm nickt heftig: „Ja. Natürlich.“

Hastig erhebt er sich, versucht das leichte Zittern seiner Knie zu verbergen. Verlässt mit seinem neuen Vormund den ihm unheimlichen Raum. „Bis morgen. Dieselbe Zeit!“ ruft Rötger ihnen nach. Und lässt sich seufzend in einen Besuchersessel fallen.

„Ein härterer Brocken als erwartet“, stellt Jacobsen stirnrunzelnd fest. Rötger nickt: „Entweder ein harmloser Trottel oder der raffinierteste Bursche, der mir je begegnet ist.“

„Hätten wir ihn härter rannehmen sollen?“ Hans Peter Jacobsen sieht den Kollegen nicht an, stellt sich selbst die Frage. Doch Friedrich Rötger, der am Fenster steht und sinnend der einspännigen Kutsche von Jakob Schwarzkopf nachschaut, dreht sich um: „Auf keinen Fall. Sie haben gesehen, er ist irgendwie verstockt. Falls er in die Sache verwickelt ist, müssen wir es peu à peu aus ihm herausholen. Mit viel Geduld.“

Erstaunt blickt Jacobsen auf. „Sie denken an Mittäterschaft? Anstiftung? Gemeinsame Sache mit den Mördern?"

„Ich weiß, es passt hinten und vorne nicht." Wieder geht Rötger auf und ab, als wolle er den Raum ausmessen. „Aber, wie sollte es gelaufen sein? Bauernsohn verdingt Mörderbande. Verdrückt sich mit der Kasse. Und die Mordbuben gucken in den Mond?" Abrupt bleibt er vor dem Schreibtisch stehen. Klopft mit dem Zeigefinger auf die Akte. „Kein einziger Hinweis darauf, dass seine Geschichte nicht stimmt. So abenteuerlich sie klingen mag."

Jacobsen starrt auf den Berg von Protokollen, Notizen und Amtsvermerken. „Also, die Fahndung ausweiten und intensivieren. Mit allen Mitteln. Das wird Trubel geben."

„Der hat längst begonnen", erwidert Rötger. „Der Schock sitzt tief. Überall im Land." Er zeigt auf einen großen Korb nahe dem Schreibtisch: „Die Post von heute. Hundertzehn Eingänge. Wertlose Hinweise. Gut gemeinte Ratschläge. Ein Hellseher ist dabei. Ein Wünschelrutengänger. Und das Denunziantentum feiert fröhliche Urständ."

Er schaut zur Uhr. „Eine wichtige Zeugin ist zu um zwei geladen. Eine Schneiderin. War am Tattag bis abends sieben Uhr auf dem Hof."

Margarethe Tenzer ist eine schlanke junge Frau mit lebhaften Augen. Doch hier, in der ungewohnt würdevollen Umgebung, wirkt sie unsicher, ängstlich beinahe. Auch zeigt die Blässe in ihrem sonst so fröhlichen Gesicht, wie tief das Unheil, das über die Thodes hereingebrochen ist, sie entsetzt und verstört hat. Zögerlich zuerst, dann aber, durch die behutsame Befragung sicherer werdend, berichtet sie. Bis gegen sieben Uhr habe sie, wie so oft, im Hause Thode Näharbeiten erledigt. Hosen und Jacken geflickt, an Oberhemden Kragen und Manschetten erneuert – was alles so anfällt in einem Neun-Personen-Haushalt. Anna bot ihr an, am Abendessen teilzunehmen. Doch sie lehnte ab, weil sie ein Treffen mit einer Nachbarin verabredet hatte.

„Zu dem Zeitpunkt waren sie mit Anna allein im Haus?", fragt Rötger.

Die junge Frau schüttelt den Kopf. „Abel war dabei, bereitete das Abendbrot vor. Die alten Thodes und Johann waren auswärts, beim Bauern Starck."

„Und die Jungen? Niemand von denen im Haus?"

„Ich hab Anna gefragt: Wo bleiben die hungrigen Mäuler? Sie waren bei den Schafen. Wie fast jeden Tag nach der Arbeit auf dem Hof. Und Reimer haben sie mitgenommen."

„Timm auch?" Jacobsens Frage kommt so heftig, dass die Näherin ihn überrascht anblickt.

„Timm? Nein. Der hatte doch mit den Schafen nichts zu tun. Musste die Schweine füttern. Er kam in die Küche, als ich mich von Anna und Abel verabschiedete." Margarethe Tenzer presst die Lippen zusammen, versucht die Tränen zurückzuhalten. „Bis morgen, hab ich noch gesagt. Ich wollte doch am nächsten Tag wiederkommen."

„Haben Sie mit Timm gesprochen?" Wieder fällt Margarethe Tenzer auf, wie intensiv sich die Herren für Timm interessieren.

„Er brachte mich noch bis zum Hoftor. Das wurde grundsätzlich um sieben verschlossen."

„Eine höchst angenehme Zeugin", stellt Friedrich Rötger fest, als Margarethe Tenzer das Bureau verlassen hat. Und lächelt, nun völlig entspannt, seinem Kollegen zu. Versonnen schaut er durch das Fenster der attraktiven Frau hinterher. Und bemerkt mit der Überheblichkeit des Kleinstädters gegenüber Dörflern: „Und so was lebt in Beidenfleth."

16

Mit gemischten Gefühlen betritt Timm das Justizamt. Die nahezu freundliche Atmosphäre während der gestrigen Vernehmung hat ihn überrascht. Hatte er sich doch das Verhör anders ausgemalt, mit Drohungen, Zurechtweisungen, Schlägen sogar. Trotzdem ist ihm unwohl. Denn ihm wurde hinterbracht, dass die Herren Räte Erkundigungen eingezogen haben bei Nachbarn, Verwandten, Bekannten. Längst wissen sie, dass er das Schwarze Schaf in der Familie war, als arbeitsscheu gilt, unzuverlässig und leichtsinnig in Gelddingen. Und überdeutlich wird ihm bewusst, wie rasch ihn ein unbedachtes Wort oder eine durchschaubare Lüge hinter Gitter bringen wird. Und aufs Schafott.

Sie bieten ihm einen Kaffee an. Fragen, behaglich Zigarren schmauchend, nach seinen Jugendjahren, dem Verhältnis zu Eltern und Geschwistern, dem normalen Ablauf eines Arbeitstages auf dem Thode-Hof. Sein Misstrauen wächst, als der Dokder Röttger, scheinbar beiläufig, kleine Diebereien erwähnt, seinen Hang zum Kartenspiel, sein ambivalentes Verhalten gegenüber Frauenspersonen, aber auch sein grenzenloses Vertrauen zu Jakob Schwarzkopf.

„Kommen wir auf den Unglückstag zurück". Röttgers Ton wird förmlicher. „Sie gingen gegen zehn zu Bett. Schliefen allein, während sich die Anderen die Kammern teilen mussten."

„Äh, ja, wegen meinem Schnarchen. Und meiner ..."

Rötger winkt ab, will den Zeugen nicht wegen einer Peinlichkeit in Verlegenheit bringen. Und Timm ist beeindruckt, was alles der Herr Rat in kurzer Zeit herausgekriegt hat.

Jacobsen schaltet sich ein: „Als Sie erwachten durch die Helligkeit des Feuers, die Kassette griffen und aus dem Fenster sprangen, und als Sie in den Männern vor der Scheune Ihren Vater und Ihre Brüder vermuteten ... Haben Sie sich da nicht gefragt, warum man Sie nicht geweckt hat?"

Timm erkennt die Fangfrage. Beginnt zu schwitzen. „Ich, ich weiß nicht. Der Schreck. Ich wollte nur raus."

„Und warum haben Sie nicht nach Ihren Angehörigen geguckt, bevor Sie türmten? Oder wenigstens gerufen?"

Timms Augen weiten sich. Sein Mund zuckt. „Ich sah nur das Feuer. Hab' an nix and'res gedacht."

Erbarmungslos fährt Jacobsen fort: „Und dann, als Sie erkannten, dass die dort an der Scheune nicht die Ihrigen waren? Und auch die Frauen nicht dabei? Da sind Sie nicht ins Haus zurück, das zu dem Zeitpunkt ja noch nicht brannte? Sondern fortgerannt!"

„Aber", stammelt Timm, „die haben doch geschossen." Nun beugt sich Rötger über den Tisch, starrt Timm ins schweißfeuchte Gesicht: „Kein Nachbar hat einen Schuss gehört."

Vergeblich versucht Timm das Zittern seiner Hände zu verbergen. „Ich, ich weiß nicht. Die schliefen doch alle. Es war starker Wind. Und es sind doch auch Bäume zwischen uns und den anderen. Ich weiß nix. Ich weiß wirklich nix."

Rötger seufzt, lehnt sich in den Sessel zurück, murmelt mit fast tonloser, müde wirkender Stimme: „In Ordnung. Sie können gehn."

Timm stemmt sich mit beiden Händen an der Tischkante hoch: „Muss ich noch mal wieder ...?"

Jacobsen wechselt einen kurzen Blick mit dem Kollegen, nickt: „Sicher. Sie kriegen Bescheid."

„Ganz schön in die Enge getrieben, den Jungen." Zufrieden reibt sich Jacobsen die Hände. Doch Rötger vermag den Optimismus des Kollegen nicht zu teilen. „Stimmt schon. Und was ist dabei herausgekommen? Nichts Konkretes. Ist doch durchaus nachvollziehbar, dass er in Panik geraten ist. Und seine ohnehin ungeliebten Leute im Stich ließ."

„Also weiter auf Hochtouren nach den Räubern fahnden", seufzt Jacobsen. Und Rötger klopft mit den Fingern auf den Tisch: „Und den Bengel im Auge behalten. Sie kennen doch Wöhlers, den Itzehoer Gendarm. Bei dem quartieren wir ihn ein."

Mit wahrem Feuereifer stürzen sich Rötger und Jacobsen in die Arbeit. Justizämter, Land- und Kirchspielsvogteien, Gendarmarien und Zollämter werden in die Fahndung nach den Mördern einbezogen. So geht an die Süderdithmarscher Landvogtei in Meldorf die Order der achtsamen Vigilierung alles verdächtigen Gesindels und Festnahme bei leisestem Verdacht. Sie wird von dort weitergegeben an die Kirchspielvogteien Albersdorf, Nordhastedt, Hemmingstedt, Wöhrden, Brunsbüttel, Eddelak, Burg, Südermeldorf, Nordermeldorf, Barlt und Marne.

Schwere Zeiten brechen an für Landstreicher, Wanderarbeiter, Vorbestrafte und fahrendes Volk. Der Schock, der die Menschen weit über die Wilstermarsch hinaus tagelang gelähmt hat, ist einer nervösen Ratlosigkeit gewichen. Angst und Misstrauen breiten sich aus. Die Flut voreiliger Verdächtigungen und gehässiger Denunziationen steigt sprunghaft an nach dem Erscheinen einer Zeitungsanzeige:

1000 Mark Belohnung werden mit Genehmigung des Schleswig-Holsteinischen Polizeipräsidii Demjenigen zugesichert, welcher die Urheber des vom 7. auf den 8. August d. Mts. verübten Raubmordes nebst

Brandstiftung in Groß Campen dergestalt angeben kann, daß man ihrer habhaft werden kann.

Itzehoe, den 14. August 1866
F. Rötger

Mehr als 200 angeblich Verdächtige geraten in den nächsten Monaten zwischen die Mahlräder der Justiz, werden tage- und wochenlang inhaftiert und sind harten Vernehmungen ausgesetzt.

Der Schlachter Max Nagel aus Grunde ist, obwohl vorher in dürftigen Verhältnissen lebend, plötzlich zu Geld gekommen und prahlt überall herum, nach Australien auswandern und dort eine Farm erwerben zu wollen. Eine anonyme Anzeige reicht, ihn in strenge Haft zu nehmen.

Aus Friedrichstadt meldet die Witwe Winkelmann, ihr Untermieter Hans Schröder Wunderlich sei in der betreffenden Nacht fortgeblieben und morgens mit einem blutenden Daumen aufgetaucht. Festnahme und gründliches Verhör.

Die zum Teil in Hysterie ausartende Hilfsbereitschaft der Bevölkerung bei der Suche nach den Mordbuben von Groß Campen bekommt Carl Johann Stielow, Sohn eines Müllers aus Grabow, besonders hart zu spüren. Auf der Reise nach Dänemark spendiert er in einer Schenke für Fahrensleute Runde um Runde und verrät den Saufkumpanen, er sei unverhofft durch eine Sache, über die er nicht reden möchte, zu allerlei Talern gekommen. Da fällt das Stichwort Groß Campen.

Der Arme wird bedrängt, bis auf die Straße verfolgt und flüchtet in die Polizeistation Bad Oldesloe, wo er um Schutzhaft bittet. Dort sieht man am nächsten Morgen keinen Anlass, den augenscheinlich etwas schwachköpfigen und sich mit albernen Vorstellungen plagenden Mann die Fortsetzung seiner Reise nach Lübeck zu verbieten. Doch vor dem Gebäude sammelt sich eine gewaltbereite, mit Steinen bewaffnete Meute.

Der Verfolgte wird in einer geschlossenen Kutsche in die Hansestadt gebracht. Den Beamten im dortigen Justizamt fällt sein ängstliches Benehmen auf. Und sie erfahren durch telegraphische Anfrage beim Vereinigten Stadt- und Magistratsgericht in Grabow, es handele sich um einen verwegenen, gewalttätigen Müllerssohn aus Karrenzin, einen Schlemmer und Verschwender, der sein ererbtes Gehöft durchgebracht und als Müllergeselle vagabundiert habe. Grund genug, den Mann, der ausgerechnet für die Zeit von Anfang bis Mitte August keinen festen Aufenthalt nachweisen kann, festzusetzen und tagelang ins Verhör zu nehmen. Bis sich durch mühselig ermittelte Zeugen seine Unschuld herausstellt und er, nach Bezahlung der Unterbringungskosten, von dannen ziehen darf.

17

Zunehmend unbehaglich fühlt sich Timm im Hause Schwarzkopf, obgleich ihm hier jeder Wunsch von den Lippen abgelesen wird. Hanne fragt täglich nach seinen Leibgerichten. Jakob, sein väterlicher Freund, nimmt mit der ihm eigenen Gewissenhaftigkeit die umständliche und zeitraubende Verwaltung des Nachlasses wahr. Nachbarn versuchen mit oberflächlicher Konversation das Geschehen auszuklammern. Und finden rasch einen Vorwand, sich zu verabschieden.

Onkel Reimer kommt täglich aus Beidenfleth herüber, schaut nach Timms Befinden und sitzt, unbehaglich die Hände reibend, dem Neffen gegenüber. Es macht ihm Gewissensbisse, dass er sich mit seinem Bruder Johann Thode einige Wochen vor der Katastrophe überworfen hat. Wegen einer Lappalie. Und nun ist jede Gelegenheit zu einem versöhnlichen Gespräch auf immer vorbei.

In der Knechtekammer hat Timm eine spartanisch eingerichtete Unterkunft gefunden. Nur selten traut er sich aus dem Haus. Er meidet die Reste des einst so stattlichen Marschhofes und spürt das verlegene Schweigen, sobald er ein Gasthaus betritt oder auch nur den Laden des Hökers. Ihn irritieren die mitleidsvollen Blicke der Frauen, das prüfende Abschätzen in den Augen der Männer. Er weiß, dass sein Erscheinen in der Öffentlichkeit die Diskussion über das Thema, das die Menschen nicht zur Ruhe kommen lässt, lediglich unterbricht.

Er erschrickt, als es eines Tages in Beidenfleth, wo bis dahin nur Hinrich Ahrens, der Dorfgendarm, die Staatsgewalt verkörperte, von Uniformierten wimmelt. Die 750-Seelen-Gemeinde ist zur Garnison geworden, nachdem, um befürchteten Unruhen vorzubeugen und die Spurensuche zu intensivieren, die Achte Compagnie des Dritten westfälischen Landwehrregiments Nr. 16 stationiert wurde.

Mit Argwohn begegnen die jungen Dorfbewohner den schneidigen Eindringlingen, mit scheuer Neugier und heimlichem Kichern die Mädchen den schmucken Kavalieren. Und mit kaum verhohlener Besorgnis betrachten die Mütter die in ihren Häusern Einquartierten, die sie zudem ohne Entgelt beköstigen müssen.

Da nimmt Timm am 18. August erleichtert zur Kenntnis, dass die Herren Rötger und Jacobsen ihm eine neue Bleibe verschafft haben. Er werde beim Landgendarm Hans Wöhlers in Kost und Logis gehen und in dessen Haus in Itzehoe eine sichere Obhut finden. Noch am selben Tag zieht er, nachdem er Hanne unter Tränen für ihre Fürsorge gedankt hat, mit seinen wenigen Habseligkeiten in Rötgers geschlossener Kutsche in die Störstadt.

Dort ist für ihn ein behagliches Junggesellenzimmer eingerichtet. Die Frau des Gendarms, eine fröhliche, etwas schwatzhafte Endvierzigerin, empfängt den Logiergast fast überschwänglich. Denn Rötger hat für Unterkunft und Versorgung einen guten Preis geboten.

Kräftig langt Timm zu am reich gedeckten Abendtisch, und seine Wirtin flüstert später ihrer Nachbarin zu, der bedauernswerte Überlebende der Katastrophe in Groß Campen sei ein zurückhaltender junger Mann mit ordentlichen Manieren, allerdings sehr gefräßig.

Timm fühlt, dass die Anspannung der letzten Tage nachlässt. Doch sofort ist sie wieder da, als ihm Wöhlers nach dem Essen bei einer Flasche Bier von den Anordnungen der Commission berichtet: Fernhalten von jeglichem Verkehr mit Fremden. Keine Besuche außer von Verwandten und dem Bevollmächtigten Jakob Schwarzkopf. Spaziergänge, Einkäufe und Einkehr in Gasthäusern nur in Begleitung des Gendarms, der zur Vermeidung von Aufsehen Zivil tragen soll.

Eine weitere Order verschweigt der Hausherr seinem neuen Untermieter: Er möge nachts in Erfahrung bringen, was irgendeinen Verdacht auslösen könnte. Denn Hans Wöhlers denkt nicht daran, für die Commission den Lauscher an der Tür zu spielen.

Im Haus richtet sich Timm gemütlich ein, lobt die Hausfrau für die schmackhaften Mahlzeiten und genießt das süße Nichtstun. Zugleich ist er sich bewusst, dass er zwar kein Gefangener, kein Untersuchungshäftling ist, doch weit entfernt von der erträumten Freiheit.

Er besucht nachmittags die „Stumpfe Ecke" und kehrt sonntags ein im „Klosterbrunnen". Doch er meidet den Kontakt zu Gästen, die ihn als Einzelgänger akzeptieren, sorgfältig, doch nicht stutzerhaft gekleidet, wohlhabend offenbar. Denn an Geld mangelt es ihm nicht, seitdem Jakob Schwarzkopf ihm 1000 Taler ausgezahlt hat.

Die Commission kommt indessen trotz der rigorosen Verfolgung verdächtiger Kreaturen keinen Schritt voran, hält es aber für überflüssig, den einzigen Zeugen des Massakers weiterhin zu vernehmen. Nach endlosen Gesprächen, in denen sie verschiedene Variationen des Verbrechens durchspielen, kommen Rötger und Jacobsen zu der Schlussfolgerung, es sei absurd, anzunehmen, ein einzelner Mann könne binnen zwei, drei Stunden auf verhältnismäßig kleinem Raum acht Menschen im Schlaf überfallen und bestialisch ermorden.

„Es müssen drei oder mehr gewesen sein, die sich gleichzeitig und, wie wir wissen, mit mindestens drei Mordwerkzeugen auf die Schlafenden gestürzt haben", stellt Jacobsen sachlich fest. „Sie haben den Überraschungseffekt genutzt. Denn vier kräftige junge Männer und der bärenstarke Vater lassen sich nicht einer nach dem anderen abschlachten wie Karnickel. Die Lage der Toten und die Verletzungen zeigen außerdem, dass die Täter wieder und wieder zugeschlagen und zugestochen haben. Das geht nicht geräuschlos ab. Vermutlich sind die Bäuerin und die Tochter aufgewacht und haben sich verzweifelt gewehrt. Alles muss überfallartig und in relativ kurzer Zeit abgelaufen sein."

„Und der Überlebende?" wendet Rötger ein.

„Nun, sie haben schlicht seine Kammer übersehen. Und er hat bekanntlich einen gesegneten Schlaf."

„Soweit folge ich Ihnen", pflichtet Rötger seinem Kollegen bei. „Aber dann wird die Sache irreal. Sie sehen ihn wegrennen. Mit der Kassette. Ballern ein bisschen hinterher. Lassen ihn laufen. Und verschwinden. Nein, lösen sich in Luft auf. Die Frage ist: War er so etwas wie der Auftraggeber? Haben sie ihn deshalb geschont?“

Jacobsen nickt: „Hier müssen wir ansetzen. Weiter nach der Bande forschen. Gleichzeitig den Thode sorgfältig beobachten und möglichst in Sicherheit wiegen. Wenn er mit denen im Bunde war, ihnen Geld geboten hat, werden sie versuchen, es sich zu holen.“

„Das wird schwierig werden“, lacht Rötger. „Da hat doch der Schwarzkopf den Daumen drauf.

Noch sind die Justizräte Rötger und Jacobsen voller Zuversicht. Die Fahndung nach der ominösen Mörderbande läuft auf Hochtouren. Die Ermittler schauen am Feierabend nicht auf die Uhr, arbeiten bis in die Nacht. Denn sie spüren, dass ihnen die Zeit davonläuft wie die Mordbuben nach vollbrachter Tat.

Noch lassen sie sich nicht entmutigen, wenn Kirchspielsvogteien, Justizämter und Gendarmerien melden, dass Festnahmen und Vernehmungen verdächtiger Elemente bislang ausnahmslos zu deren Freisetzung geführt haben. Das spornt sie zu verstärktem Arbeitseifer an. Doch ein Schreiben, in dem Friedrich Rötger die Süderdithmarscher Landvogtei in Meldorf um Mithilfe bittet, zeigt erste Anzeichen von Resignation:

Die Tat erinnert an einen Brandfall im König-Friedrich- VII.-Koog aus uralter Zeit, bei dem sämtliche Hausbewohner umkamen. Um zu erfahren, ob übereinstimmende Umstände zur Ermittlung ge-

bracht werden können, wird um Nachforschung ersucht.

Über die hektische Fahndung mit teilweise kuriosen Aktionen lässt die Commission Timm Thode nicht gänzlich aus den Augen. Zumal in der täglich eingehenden Flut von Ratschlägen, Tipps und Denunziationen immer wieder Hinweise auf den einzigen Überlebenden auftauchen.

Etwa in einem Brief des Landmanns Johann Poppe aus Beidenfleth:

Herr Justizapparath! Timm Thode war sehr mit Lügen behaftet. Dieses mus mahl untersucht werden ob es wahr ist ohder nicht.

Sorgfältig verwahren die Ermittler auch das in Timms Kammer aufgefundene angesengte Deckblatt einer der zurzeit sehr beliebten Kriminalgeschichten mit dem Titel „Wahrhaftige Geschichte so sich auf dem Schlosse Hohenlinde zugetragen und wie durch Geistesgegenwart der Gräfin Adelinde Ferrandolez ihr Leben und Gut gerettet wurde“.

Sollte ein solches in gemütvoller Art geschriebenes Fantasieprodukt für Timm Anregung oder Auslöser gewesen sein? Rötger und Jacobsen kommen nach eingehender Diskussion zu dem Ergebnis, dass die Lektüre kaum zu einem Kapitalverbrechen der vorliegenden Art führen kann. Sie halten es nicht einmal für erforderlich, Timm mit dem vor den Flammen geretteten Rest einer Schauergeschichte zu konfrontieren.

Umso gründlicher intensivieren sie ihre Recherchen über sein Vorleben durch Befragung aller Personen, mit denen er in den letzten Jahren Kontakt hatte. So klappert Friedrich Rötger mit seiner Kutsche die Höfe ab, auf denen der vom Vater aus dem Haus Gewiesene in der Zeit von 1860 bis 1864 beschäftigt war.

Er erfährt wenig Positives, bisweilen auch Abfälligkeiten. Einig sind die Befragten vor allem in der Feststellung, Timm sei faul gewesen. Rötger nimmt das nicht allzu ernst. Er weiß, dass schon eine gewisse Trägheit in einem Umfeld, in dem Schwerstarbeit das tägliche Brot bedeutet, eine Todsünde ist. Dagegen notiert er, dass Bauer Albert Mahn in Pinnebergerdorf sich erinnert, Timm habe oft mit dem Vermögen seiner Eltern geprahlt.

Weniger aufschlussreich, doch eine Eintragung ins Notizbuch wert findet er die Aussage der Bauernmagd Catharina Subke: „Timm war bei der Arbeit langsam und dämlich, aber von gemütlicher Natur." Besonders bemängelt sie: „Gegen Mädchen war er blöd."

In Pinneberg, beim Advokaten und Hofbesitzer Wiedt, erkundigt sich Rötger, ob es, vermögend der Nähe zu Hamburg zu Bekanntschaften gekommen sei, die von üblen Folgen hätten sein können. Er erfährt, dass Timm mehrfach nach St. Pauli gefahren, doch keine Nacht dort geblieben ist. Und er schreibt in sein Notizbuch: Keine bedenklichen Verbindungen, inbesonderheit nicht mit Frauenzimmern.

Im Itzehoer Justizamt herrscht eine nie gekannte Hektik, die sich äußert in nervöser Reizbarkeit. Darunter leidet die kollegiale, von gegenseitiger Achtung getragene Zusammenarbeit der Ermittler. Bevor jedoch die blamablen Misserfolge der Großfahndung zu Unstimmigkeiten führen, haben sie sich auf eine strikte Arbeitsteilung geeinigt. Während Jacobsen, der in Ehren ergraute Büromensch, den Schreibkram erledigt, den Berg von Vernehmungsprotokollen, Dienstanweisungen und Nachfragen bearbeitet, versieht Rötger den Außendienst, reist durchs Land, informiert sich bei den Dienststellen und zieht Erkundungen bei den Marschbewohnern ein.

Dem kontaktfreudigen Beamten gelingt es schnell, das Vertrauen der vielfach verängstigten Menschen zu gewinnen. In ausführlichen Gesprächen glaubt er sich ein realistisches Bild von Timm Thode zu machen. Dabei bemüht er sich, jeglichen bei den Befragten aufkommenden Verdacht gegen Timm zu zerstreuen: „Nur eine Formsache."

Selten hört er Anerkennung oder gar Lob über den zweiten Thode-Sohn. Er erfährt, dass Timm einem Bäckerjungen einen Stuten geklaut hat und nach gemeinsamer Zechtour einem Schlachtergesellen die Geldbörse mit 40 Talern aus der Tasche zog. Kleinkriminelles, das nicht einmal bis zum Dorfgendarm gedrungen ist.

Aufmerksam konstatiert Rötger die einmütige Aussage über Timms Liebe zu Tieren, denen er nie etwas zu Leide getan habe. Besonders betonen die Befragten seine Fürsorge für die beiden Hofhunde, für die er schon als Schuljunge Würfelschinken und Kuchenreste aus der Küche stibitzte und dafür Schelte und Prügel riskierte. Und Rötger fragt sich: Kann so einer auch nur mit ansehen, wenn seine Lieblingstiere massakriert werden?

Bei Timms Verwandten stößt er auf vorsichtige Zurückhaltung. Marten Krey aus Brockdorf bestätigt, sein Enkel sei im Grunde gutmütig und harmlos. Doch niemals würde ein in Geldsachen so vorsichtiger und verschlossener Mann wie sein Schwiegersohn Johann Thode die Kassette dem Sohn anvertraut haben, zu dem er das geringste Vertrauen hatte. Rötger stutzt auch, als Krey berichtet, Timms Mutter habe noch vor wenigen Wochen ihrer Schwester geklagt: „Es ist so schlimm mit Timm, dass man es gar nicht sagen kann."

Letztendlich aber stellt der Justizrat fest: Ein etwas aus der Art geschlagener Sorgensohn, der häufig log, kleine Diebereien beging, sich gern vor schwerer Arbeit drückte, ansonsten als harmlos gilt, als gutmütig sogar. Unter den Brüdern buchstäblich das fünfte Rad am Wagen, kompensierte er seine Enttäuschung über Spott und Zurücksetzung mit übergroßer Tierliebe. Aber ein Anstifter oder Kumpan einer Mörderbande, die seine Familie hinschlachtet? Niemals.

18

Wochen, Monate gehen ins Land. Das Leben in der Wilstermarsch normalisiert sich, findet zum altgewohnten Rhythmus zurück, geprägt von alltäglicher schwerer Arbeit, die auch sonntags und an Feiertagen nur wenige Stunden beschaulicher Ruhe und unterhaltsamer Zerstreuung zulässt.

Die Schreckensnacht auf Groß Campen ist darüber nicht vergessen. Das Verbrechen bietet weiterhin Gesprächsstoff im feierabendlichen Familienkreis, in den Spinnstuben, in Arbeitspausen, am Stammtisch, beim Frühschoppen. Dem Entsetzen der Tage nach der Katastrophe ist Unmut gefolgt, Verärgerung über die allenthalben spürbare, doch bislang ergebnislose Arbeit der Fahnder.

Schon bieten Zweifler Wetten an, dass die Mordbrenner nie gefasst werden. Auch Spottverse gehen um:

Jeden lütten Höhnerklauer kriegt se bi de Büx.
Awers, wenn de Mörders kamt, denn beschickt se nix.

Mit Empörung und Hohn wird ein Vorfall erörtert, der Paul Schade, den Pächter der „Büchsenkate", in Schwierigkeiten gebracht hat. Besucher seines Gasthofes an der Bekaubrücke zwischen Stördorf und Krummendiek erinnern sich, dass der Wirt wenige Tage vor dem Geschehen in Groß Campen feindliche Gesinnung gegen die Thode-Familie geäußert habe. Vor Verhaftung und Verhör bewahrt ihn nur ein energisches Schreiben seiner Verpächterin, der Klösterlichen Obrigkeit zu Itzehoe, in dem es heißt:

Im Krughaus herrscht geringer Verkehr, und es ist nicht geeignet, um Verbrechern einen Versammlungsort oder eine Zufluchtstätte zu bieten. Paul Schade ist ein unbescholtener Mann und wird nach seiner Persönlichkeit nicht für fähig erachtet, eine Mordthat zu verüben.

Dass Timm nach Itzehoe gezogen ist, erregt weder Aufsehen noch Verdacht. Jeder weiß, dass sein Aufenthalt beim Nachbarn Schwarzkopf eine Notlösung war. Von polizeilicher Obhut ist nichts bekannt. Friedrich Rötger hat den Gendarm Wöhlers und seine beredtsame Gattin auf Verschwiegenheit eingeschworen. Denn nichts käme ihm ungelegener als die sensationelle Nachricht, der überlebende Thode-Sohn stehe unter Polizeiaufsicht.

Rötger ist einig mit seinem Kollegen, dass die Skrupellosigkeit, mit der landauf, landab jeder noch so gering Verdächtige in die Justizmangel genommen wird, auf Timm nicht anzuwenden ist. „Dazu bräuchten wir wenigstens einen handfesten Beweis", räumt Jacobsen ein. „Stellen Sie sich das Entsetzen vor, welches seine Verhaftung auslösen würde." Und Rötger ergänzt: „Und dann die Riesenblamage, wenn wir ihn wieder laufen lassen müssen."

Die von den Ermittlern zunächst durchaus ernst genommene Möglichkeit, Timm könnte in irgendeiner Weise in das Verbrechen verwickelt sein, wird weiter abgeschwächt durch das Holsteinische Sanitätscollegium. Acht Asservate, darunter Timms Pullover, Bluse und Hose, sein Taschenmesser und eine Nagelschmutzprobe in zugekorkten Glas, wurden eingeschickt. Und zurückgesandt mit dem Ergebnisbericht:

Weder an Kleidung und Gegenständen, noch im Nagelschmutz wurden trotz sorgfältigster mikroskopischer Untersuchung und chemikalischer Versuche Blutflecken oder -spuren entdeckt.
Hensen, Prof. u. Psychologe

Und so wird die Jagd auf die unbekannte Räuberbande ausgeweitet über die Landesgrenzen bis nach Dänemark, Mecklenburg und Bayern. Nur der wahre Mörder bleibt unbehelligt.

Timm ist auf der Hut. Unauffällig und höflich verhält er sich gegenüber seinem Hauswirt Wöhlers und dessen Frau. Die Angst vor Vernehmungen, vor Fragen, deren Beantwortung ihn leicht Kopf und Kragen kosten könnte, lässt nach. Erleichtert und verwundert stellt er fest, dass die Herren Justizräte es offenbar nicht für nötig halten, ihn weiterhin in die Mangel zu nehmen.

So gibt er allmählich die Rolle des passiven, in sich gekehrten Überlebenden einer Katastrophe auf. Die vom Schleswig-Holsteinischen Polizeipräsidium ausgesetzte Belohnung von 1000 Mark für sachdienliche Hinweise auf die Mörder erhöht er, nach Absprache mit Jakob Schwarzkopf, auf 5500 Mark. Einen Steinhauer beauftragt er mit der Erstellung eines eindrucksvollen Grabsteins. Für 584 Taler schafft der künstlerisch begabte Carl August Strat aus Itzehoe ein Monument mit christlichen Motiven und der Aufschrift:

Begräbniß der Familie Thode und deren Erben. Hier ruhen sanft und in Gott meine lieben Aeltern und Geschwister, die durch Mörderhand gestorben sind in der Nacht vom 7. auf den 8. August 1866.

Es folgen die Namen und Geburtsdaten der Opfer, unter ihnen auch Abel.

Mit diesen Maßnahmen setzt er Zeichen, die in der Bevölkerung sympathische Beachtung finden. Doch völlig verschwinden die Stimmen des Misstrauens nicht. Immer wieder äußern Skeptiker, unter ihnen sogar Großvater Marten Krey, den Verdacht, Timm sei an der Sache nicht ganz unschuldig.

Die Fahnder lassen sich davon nicht beeindrucken. Sorgfältig analysieren sie die Ergebnisse ihrer Arbeit, werten die Aussagen der Menschen aus Timms Umfeld aus. Und stellen fest, dass sich der Verdacht gegen ihn nicht erhärtet hat.

„Wir können ihn nicht weiterhin unter Wöhlers' Aufsicht belassen." Friedrich Rötger starrt auf den Aktenberg. „Ein Haufen Papier, der täglich wächst. Und kein annähernd brauchbares Ergebnis."

Jacobsen runzelt die Stirn. „Tscha. Der Thode. Nicht zu fassen. Im doppelten Wortsinn. Und nun ab in die Freiheit. Das passt mir nicht. Ganz und gar nicht."

Wie immer, wenn ihm unbehaglich ist, steht Rötger auf. Geht ans Fenster. Schaut hinaus. „Verdächtig sind viele. An die Hundertfünfzig wurden bereits überprüft. Mancher tagelang festgesetzt. Und wieder entlassen."

Jacobsen nickt verdrossen. „Und der Thode? Vielleicht wandert er aus. Wie so viele heutzutage. Mit dem Vermögen in der Tasche kann er allerhand anstellen. In Amerika. Oder Australien."

„So schnell lassen wir den Vogel nicht davonflattern." Rötger hat sich wieder an den Schreibtisch gesetzt. Kramt nervös nach einer Zigarre. „Jakob Schwarzkopf hat ihm eine Unterkunft in Sude besorgt. Bei einem Freund, dem Bauernvogt Jens."

Jacobsen bleibt misstrauisch. „Ohne jegliche Aufsicht?"

„Nicht ganz", erwidert Rötger. „Wir werden Jens instruieren. Ihn bitten, ein Auge auf den Bengel zu haben. Und uns mitzuteilen, wenn er verdächtigen Besuch bekommt."

Umständlich zündet er seine Virginia an, lehnt sich in den Schreibtischstuhl zurück. „Sie sehen, ganz frei ist er nicht. Eher ein Vogel im goldenen Käfig. Mit begrenztem Auslauf. Denn an sein Vermögen kommt er nicht ran. Das wird weiterhin von Schwarzkopf verwaltet. Und auf den ist Verlass."

19

Sude, hart am Stadtrand von Itzehoe gelegen, ist ein beschauliches Dorf mit 300 Einwohnern. Entstanden als Gemeinde freier Bauern, Fischer und Händler, kam es im Jahr 1408 in den Besitz des adligen Itzehoer Nonnenklosters. Es besteht aus 40 Wohnhäusern und zehn Bauernhöfen, die von Hufnern bewirtschaftet werden. Sie sind abhängig von der seit der Reformation evangelischen Klosterobrigkeit, der sie

Hand- und Spanndienste leisten und Contribution zahlen müssen.

Weil das nicht selten zu Unstimmigkeiten und Spannungen führt, bedarf es einer starken, ausgleichenden Persönlichkeit als Mittelsmann und Verfechter der bäuerlichen Interessen. Und die sind bei Jacob Jens in den besten Händen.

Sofort stimmt der Bauernvogt zu, als sein alter Bekannter Jakob Schwarzkopf ihm die Aufnahme des jungen Thode vorschlägt. Er kennt das Schicksal der Thode-Familie, ahnt aber nichts von einem Verdacht gegen Timm. Selbst als Schwarzkopf ihn bittet, den Justizrat Rötger zu benachrichtigen, wenn sein neuer Hausgenosse fremden Besuch empfängt, stutzt er nur kurz und entgegnet lachend: „Dor pass ik för op, dat he keen Froonslüüd in't Huus sleept."

Vom ersten Tag an fühlt sich Timm im neuen Domizil zu Hause. Schon, dass er wieder auf einem Bauernhof lebt, gibt ihm Sicherheit und Vertrauen. Dem Hausherrn bietet er sogar an, ihm nach Lust und Laune bei der Arbeit zur Hand zu gehen. Doch überwiegend führt er das Leben eines wohlhabenden Nichtsnutzes.

Vom besten Schneider der Stadt lässt er sich einen Dreiteiler nach der neuesten Mode fertigen, sucht zweimal wöchentlich den Barbier auf, kauft sich eine teure Spieluhr und abonniert die Itzehoer Nachrichten. Auf seinem täglichen Spaziergang benutzt er einen Gehstock mit Silberknauf. Sonntags diniert er im feinen Itzehoer Café du Nord, und auf dem Heimweg kehrt er beim Gastwirt Klaus Voss in der Suder Dorfstraße ein.

Um „Kleingeld“ muss er sich nicht sorgen. Jakob Schwarzkopf hat Kost und Logis für ein Vierteljahr vorausgezahlt und lässt ihm, je nach Bedarf, monatlich 150 bis 300 Taler zukommen. Nachdenklich vergleicht Timm das Taschengeld, das Schwarzkopf scherzhaft Apanage nennt, mit den 63 Talern, die ihm der Hofbesitzer Wiedt in Pinnebergerdorf für ein halbes Jahr Knechtsdienst zahlte.

Dennoch ist er unruhig und oft nervös. Nicht sein Verbrechen bedrückt ihn, den Meister des Verdrängens. Doch erkennt er widerstrebend die sinnlose Leere seines Daseins. Er wagt nicht, Jakob Schwarzkopf gegenüber sein Unbehagen zu erwähnen. Als sich aber der Vormund nach seinem Befinden erkundigt, antwortet er entschlossen: „Ik koop mi eenen Hoff. Op de Stell.“ Und fügt in der Art eines um eine Kleinigkeit bittenden Kindes hinzu: „Dat mutt keen grooten ween. Twee Peer, een poor Köh, föftein bit twinnig Schaap ...“

Jakob Schwarzkopf legt besänftigend seine Hand auf Timms Arm und erinnert ihn daran, dass das auf 120 000 Taler geschätzte Vermögen dem Alleinerben erst nach dem Abschluss der Ermittlungen zur vollen Verfügung steht.

„Wolang schall dat denn noch wiedergahn?“, fragt Timm ungeduldig.

Der alte Bauer stellt mit leichtem Erstaunen fest, dass eine Spur Angst in Timms Stimme mitschwingt, und versucht ihn aufzumuntern: „Du muss di nicht opregen. Rötger un Joggobsen sünd twee Düchdige. De kriegt de Bandiden. Ook wennd't noch 'n Wiel duert."

20

„Machen wir uns nichts vor." Hans Peter Jacobsen schlägt mit der Hand auf den Aktenberg. „Wir sind am Ende. Und stehen vor dem Nichts. Nach fast acht Monaten Schufterei."

Friedrich Rötger wirft einen Blick auf den Wandkalender: 25. März 1867. „Tscha. So ist es. Und deshalb beenden wir die Sache."

Vor Tagen schon hat er den Entschluss gefasst, hat nur abgewartet, bis sich der Kollege von sich aus dazu durchrang. Nun gilt es Bilanz zu ziehen. Und die sieht düster aus. Die Fahndung nach den Mordbrennern, im Volksmund mittlerweile als „Vagabundenjagd" belächelt und verspottet, ist, unfassbar für alle Beteiligten, ins Leere gelaufen und wird nun erfolglos abgeschlossen.

Und Timm? Mehrmals hat Rötger ihn an nasskalten Wintertagen aufgesucht in dem gemütlich eingerichteten Zimmer beim Bauernvogt Jens. Hat ihn eingeladen in seine Itzehoer Stadtvilla, wo Timm sich höflich und reserviert verhielt. Und der Ermittler gewann den Eindruck eines vom Schicksal gebeutelten jungen Mannes auf dem Weg, zu sich selbst zurückzufinden.

„Die Sache beenden?“ greift Jacobsen den Gesprächsfaden wieder auf, „das hieße doch Abschlussbericht.“

Röttger rafft sich auf. „Genau. Noch heute werde ich ihn schreiben.“ Kurz blickt er Jacobsen an: „Natürlich nur mit Ihrem Einverständnis.“

Der Kollege nickt müde: „Einverstanden.“ Grimmig lacht er auf: „Einen Orden wird man uns nicht an die Brust heften. Aber wahrscheinlich werden wir befördert. In den Ruhestand.“

Als er bemerkt, dass sein Fatalismus dem Mitstreiter missfällt, lenkt er ein: „Na ja. Vielleicht hat Glückstadt ein Einsehen. Nach dem alten Motto: Ut desint vires, tamen est laudanda voluntas.“

Rötger versucht, sich an den Hexameter aus seiner Pennälerzeit zu erinnern: „Ja, ja. Das trifft genau den Kern: Wenn auch die Kräfte fehlen, so ist doch der gute Wille zu loben.“ Und mit düsterer Miene fährt er fort: „Wir aber, lieber Herr Kollege, wir sind am Ende mit unserem Latein.“

Entschlossen steht er auf, entnimmt dem Schrank einen Stapel feinen Papiers und teilt gehorsamst dem verehrlichen Obercriminalgericht zu Glückstadt mit, die Untersuchung sei abgeschlossen. Akribisch zählt er Polizeieinsätze, Nachforschungen bei Ämtern, Dienststellen, Vogteien und Privatpersonen auf. Er zitiert Aussagen der Helfer am Tatort, der Ärzte, der Nachbarn. Ausführlich berichtet er auch von einem naheliegenden Verdacht gegen den inzwischen 23-jährigen Überlebenden und Alleinerben, der sich jedoch als gegenstandslos erwiesen habe.

Dem Schreiben fügt er die Akten bei und schließt mit der Bitte um Freigabe der Police für die vom Hofbesitzer Johann Thode mit der Brandgilde abgeschlossene Feuerversicherung.

Stunden später, Jacobsen hat sich längst zur Ruhe begeben, steht Dr. Friedrich Rötger am Fenster. Er raucht eine Zigarre (Verdammt! Die wievielte heute?) und versucht seine Nerven zu beruhigen. Ausgelaugt fühlt er sich, erschöpft und niedergeschlagen. Zunächst zufrieden mit seinem umfassenden Abschlussbericht, kommt ihm dieser jetzt wie die unzulängliche Rechtfertigung eines Gescheiterten vor. Hat er versagt?

„Die werden toben. Uns vielleicht sogar degradieren. Wegen Unfähigkeit.“ Mit ungutem Gefühl erwartet Justizrat Jacobsen die Reaktion des Oberkriminalgerichts auf Rötgers Abschlussbericht. Doch in Glückstadt hat man andere Sorgen. Die Annexion der Herzogtümer Schleswig und Holstein, von der Regierung in Berlin als Eingliederung in den Preußischen Staatsverband verharmlost, schafft Unsicherheit und Existenzängste.

Nachdem Preußen bereits im Sommer 1865 den Dänen das Herzogtum Lauenburg abgekauft hat, erfolgt jetzt die Besitzergreifung des norddeutschen Kernlandes durch den Preußenkönig Wilhelm I., der sich vier Jahre später zum Kaiser krönen lassen wird. Die Übernahme geht einher mit der Trennung von Justiz und Verwaltung und der Neuordnung des Gerichtswesens, an deren Ende die Auflösung des Obergerichts zu Glückstadt und die Gründung eines Kreisgerichtes in Itzehoe stehen werden.

Preußen vollzieht die Angleichung des rückständigen schleswig-holsteinischen Beamtentums an die modernste Verwaltung Europas nicht mit brutalen Einschnitten. Erst am 1. September 1867 tritt das neue Justizgesetz in Kraft. Bis dahin bleibt dem Obergericht Zeit, den Ermittlungen des Verbrechens an der Thode-Familie neue Impulse zu geben.

Zähneknirschend akzeptieren die Glückstädter Rötgers Bericht. Sie senden dem verehrten Herrn Justizrat umgehend die erbetene Police für Johann Thodes Brandversicherung. Und sie enthalten sich jeden Kommentars zu dem kümmerlichen Ergebnis der umfangreichsten Fahndung, die je in diesem Land durchgeführt wurde.

Dass aber die Akte Thode geschlossen wird und an ihrem Ende statt des Schlusspunktes ein Fragezeichen steht, kommt für den Präsidenten des Obergerichts nicht in Frage. Er wehrt sich dagegen mit einer Relation, die weitere Ermittlungsmöglichkeiten offen lässt, und übergibt Bericht und Akten den Obergerichtsräten Dr. Mohrdieck und Dr. Schütt. Sie werden beauftragt, nach gründlicher Einarbeitung am 8. Mai mit der erneuten Untersuchung des Mordfalls zu beginnen.

Mit der Neuordnung des Justizwesens ändert sich auch der Typus des kleinstädtischen Amts- und Landrichters, des würdevollen Herren mit solider juristischer Bildung, des einem guten Essen und edlem Wein nicht abgeneigten Zigarrenrauchers von derb gesundem Menschenverstand und kritischem Vorurteil gegen die neue Obrigkeit. An seine Stelle tritt der ehrgeizige, karrierebewusste und schlecht bezahlte Staatsbeamte mit den preußischen Tugenden: Ordnung, Fleiß, Disziplin und grenzenlose Loyalität gegenüber Seiner allerhöchsten Majestät, dem König.

Diesem Bild entspricht Oberjustizrat Dr. Mohrdieck, während sein Kollege Dr. Schütt mehr den konservativen, jovialen, jede Entscheidung gründlich prüfenden Juristen alten Schlages verkörpert.

Beide aber sind einig in ihrer neuen Zielsetzung: Sie wollen die Justiz vor einer Riesenblamage bewahren. Sie wollen den Fall Thode klären.

„Es ist nicht zu fassen. Acht Monate lang wursteln die vor sich hin. Geben am Ende entnervt auf. Und nun sollen wir die Kastanien aus dem Feuer holen." Wahllos blättert Oberjustizrat Dr. Mohrdieck in einem der zahlreichen Aktenbände. „Eine Mörderjagd ohne Beispiel. Befragungen, Festnahmen, Verhöre, aber nicht die geringste Spur eines Erfolges. Wir müssen von vorn anfangen."

„Nicht ganz", versucht Dr. Schütt den erregten Kollegen zu beruhigen. „Rötger und Jacobsen haben nicht geschlafen. Die müssen Tag und Nacht auf den Beinen gewesen sein."

Mohrdieck lacht höhnisch. „Genau. Tag und Nacht sind sie einem Phantom nachgejagt. Haben jedes Blatt, das vom Baum fiel, dreimal umgedreht. Nur den einzig Schuldigen haben sie mit Samthandschuhen angefasst."

„Den Schuldigen?“ Verständnislos blickt Schütt von der vor ihm liegenden Akte auf. „Sie meinen, den jungen Thode?“

Mohrdieck nickt verdrossen. „Gerade zweimal haben sie ihn offiziell verhört. Ihm unbesehen das Märchen von der Mörderbande abgenommen. Und sich total verbissen in die Suche nach Tätern, die vom Himmel fallen, völlig sinnlos acht Menschen umbringen, den Hof abfackeln und sich anschließend in Luft auflösen.“

Er bemerkt, dass sein älterer Kollege ihn immer noch irritiert anblickt. Schlägt mit der flachen Hand auf die Akte. „Zweihundert Festnahmen, hundertneunzig Befragungen, endloser Papierkrieg mit Behörden und Gendarmerien. Sogar eine Kompanie Soldaten haben sie eingesetzt. Aber den alleinigen Nutznießer bringen sie bei einem Trottel von Gendarm unter, dessen Frau für ihre Kochkunst bekannt ist. Doch damit nicht genug. Seit Wochen lebt er, frei wie ein Vogel, bei einem Bauern in Sude. Mich wundert, dass sie ihm noch keine Freifahrt nach Amerika beschafft haben.“

Dr. Schütt springt auf. „Sie gehen zu weit, Herr Kollege. Der Wöhlers ist ein untadeliger, zuverlässiger Polizist. Und was unsere Vorgänger angeht, so haben sie sich sehr wohl Gedanken um den Thode gemacht. Haben das gesamte Umfeld befragt, sein Vorleben erkundet.“

„Ich bitte um Entschuldigung.“ Mohrdieck erkennt, dass er wieder einmal sein Temperament nicht zügeln konnte. Steht auf, legt die Hand auf die Schulter des Kollegen. „Ich weiß, die beiden haben geschuftet wie Ackergäule. Warum aber haben sie, als die Geschichte mit der Bande immer fragwürdiger wurde, sich nicht intensiver mit dem Burschen befasst?"

Fahrig sucht er in den Akten. „Hier. Die zweite Vernehmung. Unstimmigkeiten ohne Ende. Und immer wieder: ‚Ich war in Panik. Ich weiß nichts.' Mit solchen Antworten gibt man sich doch nicht zufrieden."

Schütt nickt verdrossen. „Stimmt. Stimmt alles. Aber schauen Sie sich den letzten Ermittlungsstand an. Seine Aussage ist durch kein Beweisstück, kein Indiz widerlegt. Natürlich ist er als Nutznießer verdächtig. Auch klingen seine Darstellungen abenteuerlich. Nennen Sie mir aber bitte einen einzigen Haftgrund."

Mohrdieck seufzt. „ Ich weiß, das ist das Problem. Aber was sollen wir tun? Weiter nach Mördern suchen, die es definitiv nicht gibt? Und dann ergebnislos aufgeben wie die Itzehoer?" Er zeigt auf ein umfangreiches Aktenstück: „Schauen Sie hier: Jagd auf die Besatzung der Harmonia, die wegen Niedrigwassers in der Nacht zum 8. August auf der Stör unweit des Thode-Hofes vor Anker gegangen ist. Nachforschungen in Itzehoe, Hamburg, Bremen, Emden. Stellen Sie sich nur einmal einen so abwegigen Verdacht vor: Die sechsköpfige Besatzung krabbelt über den Stördeich, sucht nach Diebesgut und rottet ganz nebenbei eine Bauernfamilie aus. Mit solch konfusen Dingen haben die Itzehoer ihre Zeit verplempert."

Verschwörerisch beugt er sich zum Kollegen hinüber. „Wir müssen uns an den Thode halten. Ausschließlich an ihn. Und ihn so lange bearbeiten, bis er mit der Wahrheit herausrückt. Noch heute lass' ich mir volle Handlungsfreiheit bescheinigen. Wir buchten ihn ein. Sofort. Und dann nehmen wir ihn in die Mangel. Tag für Tag."

Triumphierend betritt Dr. Mohrdieck am nächsten Morgen das geräumige Dienstzimmer und legt dem im Aktenstudium vertieften Schütt ein DIN-A4-Blatt auf den Schreibtisch. „Schauen Sie. Gucken Sie nur richtig hin." Schütt mustert verdutzt den Kollegen, den Morgenmuffel, der normalerweise erst gegen Mittag zur Hochform aufläuft. Er nimmt das Blatt in die Hand und liest:

Die Obergerichtsräte Mohrdieck und Schütt sind unter Zuordnung des Gerichtsobersekretärs v. Prangen als Protokollführer beauftragt, sich nach Itzehoe zu begeben. Sie sind autorisiert, alle zur Förderung der Untersuchung zweckdienlichen Maßnahmen vorzunehmen, insbesondere Arretierungen, Haussuchungen, und Beeidigungen zu verfügen oder selbst durchzuführen. In freiem Ermessen sind sie bemächtigt, gegen jedermann zu verfahren. So wird es einer weiteren Autorisation in einem besonderen Falle für sie nicht bedürfen.

Die Unterlippe vorgeschoben, reicht der Senior seinem Mitstreiter das Schreiben zurück. „Allewetter! Solche Machtbefugnis hat selbst der Giehlow nicht."

Mohrdieck setzt sich seinem Kollegen gegenüber. „Und genau der hat Druck gemacht. Getobt wie ein Berserker. Die Itzehoer als Provinztrottel verflucht. Und nun verlangt er rücksichtsloses Vorgehen und lückenlose Aufklärung."

Dr. Giehlow ist der gefürchtetste Jurist des Landes, Oberstaatsanwalt am Kieler Appellationsgericht und Schleswig-Holsteins ranghöchster Ankläger. Durch die Neuordnung des Justizwesens außergewöhnlich belastet, hat er den Glückstädtern freie Hand gelassen bei der Aufklärung des Mordfalls Thode. Und ist nun angesichts des schmählichen Ergebnisses außer sich vor Enttäuschung und Wut.

„Der hat unseren Herrschaften ein Feuer unter dem Hintern gemacht, dass die Heide wackelt", amüsiert sich Mohrdieck, während Schütt besorgt auf den Kalender blickt: „6. Mai. Zwei Tage noch, und die Jagd geht an."

Mohrdiecks Optimismus ist auch durch die Vorbehalte seines Kollegens nicht zu erschüttern. „So ist es. Aber, vergessen Sie nicht: Das ist keine Treibjagd mit ungewisser Beute. Es gibt nur ein einziges Stück Wild. Das werden wir in die Enge treiben. Und erlegen."

Wiederum versucht Schütt, die Zuversicht des Jüngeren zu bremsen: „Bedenken Sie, dass eine vorschnelle Festnahme des Thode mit Risiken für uns verbunden ist." Er deutet auf das Schreiben des Präsidiums: „Sicher, wir dürfen nach Gutdünken handeln. Haben nahezu grenzenlose Entscheidungsfreiheit. Wenn wir ihm aber nichts beweisen können und er bei seiner Aussage bleibt, müssen wir ihn kurz über lang wieder freisetzen. Und dann gnade uns Gott."

Mohrdieck nickt. „Sie haben Recht. Aber das Schreiben hier ist unsere Waffe. Es garantiert uns alle Vollmachten, die wir brauchen. Außerdem nutzen wir selbstverständlich den jetzigen Wissensstand. Und der macht jede weitere Suche nach Fremdbeteiligten zu einer überflüssigen und nutzlosen Aktion. Was uns bleibt, ist der Thode. Und den drehen wir durch den Fleischwolf, dass nur noch sein Geständnis übrig bleibt."

Oberjustizrat Schütt bleibt skeptisch. Ihm imponiert die pragmatische Logik des Kollegen, sein scharfer Intellekt. Zugleich regt sich in ihm eine Abwehr gegen die rigorose Zielstrebigkeit, mit der Mohrdieck sein Anliegen verfolgt. Auch widerstrebt ihm dessen sarkastische Beurteilung der Vorgänger.

Soll er seinen Kollegen daran erinnern, dass Friedrich Rötger von 1837 bis 1851 als Itzehoer Bürgermeister die Geschicke seiner Heimatstadt in unruhiger Zeit und in gefährlichen Revolutionsjahren mit Umsicht und Erfolg leitete? Dass er von 1854 bis 1866 als Abgeordneter der Holsteiner Ständeversammlung hohes Ansehen genoss?

Er schweigt, wissend, dass es zu Mohrdiecks massiver Konzentration auf den Überlebenden der Katastrophe von Groß Campen keine Alternative gibt.

Auch muss er sich eingestehen, dass Rötger und Jacobsen im Übereifer einer beispiellosen Jagd auf eine offenbar nicht existente Mordbande die Rolle des zunächst durchaus verdächtigen jungen Thode ungenügend hinterfragt und verfolgt haben.

Und so entschließt sich Schütt, den Kollegen voll zu unterstützen. Auch will er Mohrdiecks Vorgehen gegen das einzig verbliebene Zielobjekt tolerieren, solange dieser nicht zu Mitteln greift, die den Rahmen ihrer ohnehin fast unbegrenzten Befugnisse sprengen.

„Tscha, Herr Thod, nu sünd Se een rieken Mann." Jovial klopft Heinz Christian Brandt seinem Gast auf die Schulter. Rasch fügt er, als er Timms ausdruckslosen Blick bemerkt, hinzu: „Natürli is dat nix gegen dat, wat Se verloorn hebbt."

Kaum eine Stunde ist vergangen, seitdem sich Brandt mit Timm und Jakob Schwarzkopf an den ovalen Tisch in der Gooden Stuvv seines Hofes in St. Margarethen gesetzt hat. Nach einem kleinen Frühstück kam man schnell zur Sache und wurde handelseinig: 57 200 Taler für Grundstück, Ländereien und den restlichen Viehbestand. 40 000 sofort, der Rest zahlbar in 500-Taler-Raten, fällig an jedem Monatsersten.

Passiv, abwehrend beinahe, hat sich Timm während des kurzen Preispokers verhalten. Auf 74 000 Taler hatte Schwarzkopf den Gesamtwert des schuldenfreien Thode-Hofes veranschlagt, abzüglich der

14 000 Taler, die inzwischen von der Brandgilde gezahlt wurden. Penibel hat Brandt errechnet, dass der Wiederaufbau die Versicherungssumme übersteigen werde, außerdem an die Vernichtung der bisher eingebrachten Ernte und der unversicherten Gerätschaften erinnert. Nach altem Brauch wurde der von einem Notar vorbereitete Handel per Handschlag besiegelt und mit einem Schluck edlen Weinbrands abgeschlossen.

„Dat hebbt wi good op de Reeg kreegen.“ Jakob Schwarzkopf versucht auf der Heimfahrt mit seinem Einspänner seinen Schützling, der die Zügel hält, aufzumuntern. Timm nickt stumm, lässt das Pferd antraben, blickt kurz seinen neben ihm auf dem Kutscherbock sitzenden Vormund an: „Wat schull ik bloots maken ahn di, Ungel Joggob?“

Unvermittelt wechselt er das Thema. „Dat mit den Hoff, den ik mi köpen will, hett Tied. Ik müch noch ’n Wiel bi Jens blieven. Dor föhl ik mi to Huus.“

Jakob Schwarzkopf seufzt, schaut geradeaus: „Dat muss du, Timm, dat muss du sowieso.“ Er senkt die Stimme: „De in Glückstadt sünd nich tofreeden mit Rötger un Joggobsen. Se argert sik, dat de beiden nix ruutkreegen hebbt. Un nu schickt se uns twee Annere.“

Mit kurzem Seitenblick prüft er Timms Reaktion. Doch der nickt trotzig: „Schöllt se kamen. Ik kann nix anners vertelln, as wat ik seggt heff.“

Erneutes Schweigen. Jakob Schwarzkopf will Timm nicht beunruhigen, ihm nicht verraten, dass Mohrdieck und Schütt mit ihm gesprochen und angekündigt haben, sie würden gegen den Thode eine harte Gangart einschlagen. Und so sagt er nur: „Good, mien Jung. Mook dat. Un denn töövt wi aff."

21

10. Mai 1867. Unruhig sitzt Timm auf dem Besucherstuhl, die Hände verkrampft zwischen die Knie verklemmt. Hochmütig und arrogant wollte er den Herren Oberräten aus Glückstadt gegenübertreten und stur seine früheren Aussagen wiederholen. Immer wieder hat er sich auf dem halbstündigen Weg vom Jens-Hof in Sude zum Justizamt in Itzehoe die Angaben, die Dr. Rötger ihm vor gut acht Monaten entlockte, durch den Kopf gehen lassen. Und sich vorgenommen, dem nichts hinzuzufügen.

„Was wollen Sie von mir? Ich hab den Herren Räten Rötger und Jacobsen doch alles erzählt, was ich gehört und geseh'n hab." Aufgebracht versucht Timm den aus seiner Ruhe gerissenen Bürger zu markieren. Doch schnell muss er feststellen, dass er damit die Herren Oberräte nicht beeindruckt.

„Sie haben eben nicht alles erzählt. Und was Sie in gerademal zwei Vernehmungen ausgesagt haben, ist nicht unbedingt stimmig." Dr. Mohrdieck, der glattrasierte Asket, weist auf die Akten: „Es haben sich verschiedene Unklarheiten ergeben. Und deshalb müssen Sie uns alles noch einmal erzählen. Wahrheitsgemäß!"

Hilfesuchend blickt Timm zum zweiten Ermittler hinüber, dem älteren Herrn, der ihn an den sanftmütigen Dr. Jacobsen erinnert.

Schütt begegnet seinem Blick. „Ich höre, Sie haben den Hof verkauft?"

Erleichtert über die harmlose Frage, nickt Timm lebhaft: „Hans Christian Brandt aus Sankt Margarethen hat ihn erworben. Für 57 200 Taler."

Mohrdieck erkennt den Schachzug des Kollegen und hakt nach: „Ihr Gesamtvermögen?"

„Das beläuft sich auf gut 120 000 Taler. Wenn ich den Schmuck und das Tafelsilber hinzuzähle. Und die Versicherung."

Auf seine Weise setzt Mohrdieck die Erörterung über Timms finanzielle Lage fort: „Da ist Ihnen also durch ein Verbrechen ein stattliches Vermögen zugefallen."

„Naja. Ich bin der Einzige, der übriggeblieben ist. Aber gern würd' ich auf alles verzichten, wenn nur ..."

Unerbittlich stellt Mohrdieck fest: „Sie sind der Nutznießer einer unvorstellbaren Mordgeschichte. Da werden Sie einsehen, dass wir Ihr Verhalten zur Tatzeit genauestens überprüfen müssen."

Er blättert in den Akten. „Kommen wir zur Sache. Sie haben, nachdem Sie durch den Feuerschein erwacht sind, die Kassette gegriffen, die Ihr Vater Ihnen angeblich einige Tage zuvor anvertraut hatte. Haben sie aus dem Fenster geworfen und sind hinterhergesprungen."

Timm gerät ins Schwitzen. „Nein. Zwischendurch hab ich mich angezogen."

„Soso. Zwischendurch. Sehr sorgfältig, wie später bei Schwarzkopf festgestellt wurde. Und Sie haben nicht ein einziges Mal nach Ihren Eltern und Geschwistern geschaut oder gerufen?“

„Das hab ich doch alles dem Herrn Doktor Rötger ...“

Unwirsch unterbricht Mohrdieck Timms Hinweis. „Sie springen also aus dem Fenster und bemerken vor der brennenden Scheune fünf oder sechs Männer. Greifen die Kassette und flüchten. Kaum zwanzig Meter an den Unbekannten vorbei. Aber die verfolgen Sie nicht, sondern lassen Sie mit der einzig nennenswerten Beute davonkommen?“

„Ich war in Panik. Hatte fürchterliche Angst.“ Timm atmet heftig, legt die geballten Fäuste auf den Tisch.

„Soso. In Panik.“ Mohrdiecks Augen blitzen. „Wenn Sie panische Angst gehabt hätten, wären Sie ins unversehrte Haus zurückgerannt, wo nach Ihrem damaligen Wissensstand Ihre Familie schlief. Ihr starker Vater und die kräftigen Brüder hätten Sie doch sicherlich beschützt vor einer Handvoll Räubern. Aber was tun Sie? Rennen um Ihr Leben und den Unbekannten fast in die Arme. Vergessen aber nicht die Kassette mit dem wertvollen Inhalt.“

Timms Stimme wird weinerlich. „Ich bin weggerannt, weil die fremden Männer geschossen haben. Zweimal.“

Böse lacht Mohrdieck auf. „Geschossen, als Sie bereits an Ihnen vorbei waren. Und Sie nicht getroffen. Auch nicht verfolgt. Was ein Leichtes gewesen wäre.

Schließlich hinken Sie seit Ihrer Kindheit. Und die Kassette war ziemlich schwer."

Eingeengt fühlt Timm sich. Gepresst in einem Schraubstock, an dem der Oberrat langsam und quälend dreht. Wie gemütliche Kaffeekränzchen kommen ihm jetzt die Vernehmungen durch Rötger und Jacobsen vor. Und die Herren aus Glückstadt wie Wölfe, die ihn in die Enge treiben, um ihn anschließend zu zerfleischen.

Mit grimmigem Vergnügen registriert Mohrdieck, dass der Thode die Contenance verliert und verzweifelt versucht, seine Haut zu retten. Selbstzufrieden stellt er fest, dass sein Konzept, sich einzig auf den Alleinerben zu konzentrieren, der Weg ist, der zur Lösung des Falles führen wird. Doch er zwingt sich, seinen Eifer zu bremsen, den Inculpanten in relativer Sicherheit zu wiegen und Härte nur zu zeigen, wenn er ihn bei einer erkennbaren Lüge ertappt.

„Warum, glauben Sie, haben die Kerle Sie laufen lassen?", fragt er mit möglichst sanfter Stimme. „Alle andern wurden umgebracht, der Hof praktisch eingeäschert. Und Sie lässt man laufen. Mit dem Kasten unterm Arm. Haben Sie sich darüber schon mal Gedanken gemacht?"

Timm schöpft Hoffnung. So arg ist er scheinbar gar nicht, der Herr Oberrat aus Glückstadt. Glaubt ihm offenbar sogar die Räubergeschichte. „Nein. Das hab ich nicht. Das heißt, die erste Zeit schon. Da hat mich das gequält. Aber jetzt nicht mehr. Und ich will auch nicht mehr daran denken."

Sofort wird Mohrdiecks Ton schärfer. „Das sollten Sie aber. Sonst könnte es Ihnen schlecht ergehen."

Fieberhaft sucht Timm nach einem Ausweg. „Vielleicht haben sie mir nix getan, um mich in falschen Verdacht zu bringen. Das ist ihnen ja wohl auch gelungen."

Für den Bruchteil einer Sekunde treffen sich die Blicke der Ermittler. Auch Schütt hat aufgehorcht, Timms Fehler bemerkt. Und er konstatiert: Fiktive Identifizierung mit Tätern und Tat.

Blitzschnell fasst Mohrdieck nach. „Und wenn es gar keine Unbekannten waren? Sondern Komplizen?"

Erstmals verlässt Timm der gespielte Gleichmut. Er springt auf. „Ich weiß, was Sie wollen. Ich soll mitgemacht haben. Aber ich hab nicht mitgemacht. Ich kenn die Leute nicht."

„Setzen Sie sich. Und überlegen Sie in Ruhe, bevor Sie uns mit Mutmaßungen und Schlussfolgerungen kommen." Mohrdiecks Stimme ist gefährlich leise. Dann kommt ein warnender Ton hinzu: „Und belügen Sie uns nicht!"

Timm setzt sich wieder, versucht ein überlegenes Lächeln. „Wenn das stimmen sollte, dass ich die Kerls gekannt und mitgemacht hab, dann hätten Dokder Rötger und Dokder Schütt das längst rausgebracht. Das sagen auch die Leute. Und dann wär' ich auch längst nich mehr hier."

Wieder ein kurzer Blickwechsel zwischen den Fahndern. Und Schütt registriert: Zweiter Fehler. Fiktive Identifikation mit den Vernehmern.

Mohrdieck ist mit dem Ergebnis der ersten Befragung höchst zufrieden. Mit sicherem Gespür für den Zeitpunkt, ein Verhör abzubrechen, nickt er Timm begütigend zu: „Tscha, mein lieber Thode, das wär's für heute. Aber wir werden uns noch öfter und eingehender unterhalten. Lassen Sie sich alles nochmals durch den Kopf gehen. Jede Einzelheit."

„Ich weiß nix mehr. Wirklich nix", versucht Timm einzuwenden. „Doch, doch, erwidert Mohrdieck leicht ungeduldig, „Sie wissen mehr. Viel mehr. Und Sie werden Zeit haben. Zum Nachdenken. Denn Sie bleiben bei uns. Herr Tietjens wird sich um Sie kümmern. Und dafür sorgen, dass es Ihnen nicht schlecht geht."

Entgeistert blickt Timm von einem zum andern. Schaudernd wird ihm klar, dass er nicht zurückkommt in sein behagliches Junggesellenzimmer bei Jens in Sude. Und bemerkt erst jetzt, dass neben dem Schreibpult des Protokollführers ein Uniformierter steht, ein Mann mittleren Alters von kräftiger Statur und gutmütiger Ausstrahlung.

Schütt geht auf ihn zu. „Bringen Sie ihn in Zelle zwei unter. Und sorgen Sie dafür, dass er vernünftig zu essen bekommt. Er kann's bezahlen."

Rudolf Tietjens knallt die Hacken zusammen. „Jawoll, Herr Obergerichtsrat." Lächelnd fügt er hinzu: „Meine Frau ist eine hervorragende Köchin. Die kann leicht mit der Frau von Wöhlers mithalten."

Er umfasst Timms rechten Unterarm. „Gehn wir also. Kommen Sie."

„Wohin bringen Sie mich?“ Unruhig blickt Timm zu dem ihm um einen halben Kopf überragenden Wärter auf.

Rudolf Tietjens weist in Richtung eines grauen Gebäudes mit einem spitzen Türmchen. „Dorthin. Sie werden in einer Kirche untergebracht.“

Ungläubig schüttelt Timm den Kopf: „In einer Kirche? Das gibt’s nicht.“

„Nun ja. Die alte Nikolaikirche. Die hat ausgedient, seit wir die große Laurentiuskirche in der Stadtmitte haben. Und St. Nikolai wurde umgebaut zum Gefängnis. Sechs Zellen. Zwei für Untersuchungsgefangene, vier für Verurteilte. Und eine Dienstwohnung.“

Rüstig schreitet er aus, und der leicht hinkende Timm hat Mühe, mit ihm Schritt zu halten.

„Willkommen bei uns daheim.“ Tietjens schließt die Zellentür auf. Und Timm wird mit Schaudern bewusst, dass es mit seiner Freiheit vorbei ist. Die Zelle – Eisenbett, Tisch und Stuhl, Bücherbrett, Notdurfteimer, Gitterfenster – erschreckt ihn.

„Gemütliche Bude“, versucht er dennoch zu scherzen. Tietjens, in seinem Refugium ganz der Hausherr, geht nicht darauf ein, kündigt nur kurz an: „Ich bring’ Ihnen gleich was Ordentliches zu essen.“

Hart fällt die schwere Eisentür ins Schloss. Hässlich knarrt der Schlüssel, mit dem Tietjens den Gefangenen einschließt. Ein paar Minuten bleibt er vor der Tür stehen. Horcht. Denn er weiß aus Erfahrung, dass die ersten Stunden für einen Häftling die gefährlichsten sind. Dass sie einhergehen mit Tobsuchtsanfällen, Zerstörungswut und Suizidversuchen. Außerdem hat Mohrdieck ihm bereits vor Timms Verhaftung eingeschärft, ein wachsames Auge auf den Inculpanten zu haben, sein Verhalten zu beobachten und der Obercommission Auffälligkeiten mitzuteilen. „Und natürlich Einzelhaft, strengste Abschirmung gegen Mithäftlinge. Keine Briefe. Keinen Besuch."

Mit gesundem Appetit macht sich Timm über das Abendessen her, Rührei mit Schinken und Bratkartoffeln, Käsebrot und Fleischsalat. Dazu Frischmilch, Tee, Obstsaft. Tietjens, selbst ein starker Esser, staunt über die Fresslust seines unfreiwilligen Gastes. Doch er bleibt aufmerksam, verharrt fast eine Stunde lang vor der Zellentür und entfernt sich erst, als er Timm schnarchen hört.

Zur selben Zeit sitzen die Ermittler in „Kern's Weinstube", dem vornehmsten Lokal der Stadt, bei einem guten Tropfen. Gemächlich stopft Schütt seine Tonpfeife, während Mohrdieck seinem einzigen Laster frönt, dem Schnupftabak. Aufgeräumt prostet er seinem Gegenüber zu: „Ist doch bestens gelaufen. Er sitzt auf Nummer sicher, bis wir ihn festnageln können."

„Bislang hat er nur geleugnet", wendet Schütt ein, „und wenn er sich weiterhin so verhält, nützt unsere ganze Taktik nichts."

„Er wird sich verplappern. Warten Sie's ab. In zwei, drei Wochen haben wir ein Geständnis."

„Daran hängt alles", sinniert Schütt. „Es gibt keine Beweismittel. Und einen Indizienprozess können wir uns nicht leisten. Da haut ihn jeder Winkeladvokat in kürzester Zeit heraus."

Mohrdieck bleibt zuversichtlich. „Wir rollen die Sache von hinten auf. Als Nächstes konzentrieren wir uns auf seine Ohnmacht bei Schwarzkopf. Die war garantiert gespielt."

Schütt reibt mit Daumen und Zeigefinger seinen Spitzbart. „Der Dreessen hat eigens einen Kollegen zugezogen, den Dr. Goetze aus Itzehoe. Und der ist ein verdammt guter Fachmann. Beide können sich doch nicht dermaßen von einem Bauernjungen hinters Licht führen lassen."

„Wir werden ein schriftliches Gutachten anfordern. Von beiden. Und Tietjens wird seine Einquartierung sorgsam beobachten und uns berichten. Zur Not ziehen wir auch den Bockendahl hinzu."

Überrascht hebt Schütt den Kopf. „Den Kieler Professor. Gute Idee. Der beste Experte, den wir haben. Der wird schnell herausbekommen: raffinierte Verstellung, unbeeinflussbarer Automatismus oder psychische Anormalität. Letzteres könnte dem Thode gar den Kopf retten."

Abwehrend spreizt Mohrdieck die Hände. „Das hätte noch gefehlt. Nein, nein. Ich tippe auf Verstellung. Und gerade darauf sind Rötger und Jacobsen hereingefallen. Gründlich."

„Wir übereilen nichts. Gehen systematisch vor. Holen vor jeder weiteren Vernehmung Informationen ein. Da mögen die Glückstädter noch so drängen." Entschlossen schiebt Mohrdieck ein Schreiben beiseite, in dem das Obergericht die Commission ermahnt, den Fall Thode zügig zu Ende zu bringen. „Mit unser'n Vorgängern hatten sie unendliche Geduld. Und plötzlich haben sie es eilig. Wollen die Sache erledigt haben, bevor der Laden zugemacht wird."

Schütt nimmt das Blatt zur Hand. „In der Tat. Sie versuchen Dampf zu machen. Uns unter Druck zu setzen."

Er weiß, dass am 1. September, wenn das Preußische Justizgesetz in Kraft tritt, das Obergericht in Glückstadt aufgelöst wird. „Kein Grund, die Dinge übers Knie zu brechen", befindet er. Denn er ist mit dem Kollegen einig, dass der Thode nicht so schnell mit einem Geständnis herausrückt.

Vier Tage haben sie ihn schmoren lassen. Und mussten beim zweiten Verhör feststellen, dass Timm, dickköpfig und verbissen, bei seinen Angaben blieb.

„Sagen Sie uns endlich aufrichtig, was mit Ihren Eltern und Geschwistern geschehen ist", forderte Mohrdieck ihn mehrmals auf.

Timm: „Daran bin ich unschuldig. Ich kann gut schlafen."

Eine Lüge, denn um Timms Schlaf ist es schlecht bestellt. Nicht seine Untaten rauben ihm die Ruhe. Ihn ängstigt die kühle Überlegenheit, die messerscharfe Logik, mit der ihn die Herren Oberräte durchschauen. Und ihn peinigt die graue Eintönigkeit des Gefängnisalltags. Von Natur ein Einzelgänger, vermisst er dennoch die belanglosen Gespräche mit dem Suder

Bauernvogt und die wortkargen Abende nach getaner Arbeit in der geräumigen Küche des Thode-Hofes.

Instinktiv spürt er, dass Tietjens ihn belauscht. Und gestern Abend, als er wieder leises Tapsen jenseits der Eisentür vernahm, hat er trotzig und lauthals gesungen:

Güstern abend weer Vedder Michel hier,
Vedder Michel, un de weer hier.
He danz den Saal wull op un dal
un stött mit'n Kopp an'n Lüchterpahl.
Güstern abend weer Vedder Michel hier,
Vedder Michel, un de weer hier.

Dass er Anna das Liedchen, das sie oft beim Abwaschen sang, abgelauscht hat, kommt ihm nicht in den Sinn.

„Das könnte uns weiterbringen." Mohrdieck hat im Postkorb die angeforderten ärztlichen Gutachten entdeckt, reißt die Umschläge auf, liest. Dr. Dressen weist in dem an die verehrliche Untersuchungs-Commission gerichteten Schreiben erst einmal darauf hin, dass er am Morgen des 8. August als Hausarzt zu einem Bewusstlosen gerufen wurde. Und nicht etwa, um festzustellen, ob irgendwelche Symptome auf Verstellung hingewiesen hätten. Zum Thema Simulation stellt er abschließend fest:

Ich glaube behaupten zu dürfen, dass der Zustand wahr und natürlich gewesen ist und dass dafür mehr Momente sprachen als für Simulation.

Auch Dr. Goetze betont zunächst, dass er zwar von seinem Kollegen aus Beidenfleth hinzugezogen worden sei und den Patienten mehrfach untersucht habe, die Untersuchung aber nicht gerichtlich angeordnet worden sei. Und dass er deshalb eine Bewertung lediglich vom ärztlichen Standpunkt abgeben könne:

Keineswegs habe ich mich berechtigt gefühlt, die Beobachtungen als Simulation zu werten. Waren doch die Ereignisse der vorangegangenen Nacht grausiger Natur und konnten begreiflicherweise so unerhört gewesen sein, dass auffällige Erscheinungen des Hirnlebens die notwendige Folge waren. Den Hauptinhalt der Untersuchung habe ich Dr. Rötger mitgeteilt und kann auch jetzt kein Urteil geben, ob Timm Thode simuliert hat.

„Eine schwammige Aussage, die eher für den Thode spricht“, stellt Mohrdieck leicht verärgert fest und reicht Schütt das Schreiben.

„Stimmt“, bestätigt dieser, „aber bedenken Sie, die Lage war anders als heute. Da lag ein gerade einem schrecklichen Tod Entronnener vor der Tür. Und wir haben es mit einem mutmaßlichen Brandstifter und Massenmörder zu tun.“

*

„Sie kommen allein?“ Mohrdieck geht auf den Gefängniswärter zu, der in strammer Haltung an der Tür verharrt. „Wo ist Ihr Hausgast?“

„Es ist mir leider nicht gelungen, ihn zum Aufstehen zu bewegen, Herr Obergerichtsrat. Er jammert über Kopfschmerzen, Atemnot, Schwäche.“

„Soso. Atemnot und Schwäche.“ Mohrdieck weist auf den Besucherstuhl. „Setzen Sie sich doch. Einen Arzt gerufen?“

Zaghaft nimmt Tietjens Platz. „Der Herr Professor aus Kiel, der ihn seit einigen Tagen beobachtet. Er hat dem Thode Tropfen gegeben. Und Essigumschläge verordnet. Nachdem der aus dem Bett gefallen war.“

„Aus dem Bett gefallen?“

„Gestern abend. Ich hab’s erst bemerkt, als ich ihm das Essen brachte. Er lag vor dem Bett. Die Augen zu. Schaum vor’m Mund. Und steif wie eine Holzpuppe. Nur mit Hilfe meiner Frau und meines Sohns konnte ich ihn ins Bett zurückschaffen.“

„Moin, die Herren!“ Schütt, penibel gekleidet und leicht nach Eau de Cologne duftend, setzt sich an den Schreibtisch, schaut sich um. „Nanu? Wo bleibt unser Inculpant?“

„Der befindet sich zurzeit in nicht vernehmungsfähigem Zustand.“ Mohrdieck gibt sich keine Mühe, seinen Sarkasmus zu verbergen. „Hoffentlich dauert es nicht wieder dreißig Stunden.“

Schütt hebt die Augenbrauen. „Sie glauben, er simuliert? Etwa aus Angst vor der Vernehmung?“

„Ich bin nicht sicher. Würde es aber gern auf einen Versuch ankommen lassen. Was meinen Sie, Tietjens, können wir's probieren?"

Der Gefängniswärter drückt den Rücken durch. „Seine Anfälle sind heftig, geh'n aber schnell vorbei. Im Lauf' der Nacht ist er noch dreimal aus dem Bett gefallen. Ich konnte ihn aber allein bearbeiten. Und zwischendurch hat er das Abendbrot verzehrt. In aller Ruhe."

„Soso. Vier Anfälle in zwölf Stunden. Aber bloß keine Mahlzeit versäumen." Mohrdieck greift nach Stock und Zylinder. „Ich guck ihn mir mal an. Vielleicht hat er grad 'ne Erholungsphase. Kommen Sie mit, Herr Kollege?"

Schütt zögert. „Für die Visitation reicht einer. Aber, Sie haben Recht. Eventuell können wir ihn vor Ort vernehmen."

Tietjens springt auf: „Ich würde Ihnen gern mein Wohnzimmer zur Verfügung stellen."

„Darf ich den Herren einen Kaffee anbieten?" Mit devoter Freundlichkeit begrüßt Annelene Tietjens die Commission.

Mohrdieck nickt: „Sehr freundlich von Ihnen. Aber erst einmal schaun wir uns den ‚Patienten' an."

„Hören Sie was?" Tietjens, der vorangegangen ist, bleibt stehen. Schaut zurück. „Ich glaube, er singt."

Leise nähern sich die Männer der Zellentür. Nun ist es deutlich zu vernehmen:

Güstern abend weer Vedder Michel hier.
Vedder Michel, un de weer hier.
He nehm de Frunslüüd bi de Snuut
un danz mit ehr to de Huusdör ruut.
Güstern abend ...

Der Gesang bricht ab. Timm spürt, dass jemand sich der Tür nähert. Wirft sich aufs Bett. Schließt die Augen.

„Singen Sie nur weiter, lieber Thode. Gesang erquickt des Menschen Herz." Maliziös blickt Mohrdieck auf Timm runter. „Und schaun Sie uns an dabei. Oder haben Sie im Schlaf gesungen?"

Erschrocken reißt Timm die Augen auf. „Ich dachte, Herr Tietjens ..."

„Tscha. Und nun sind wir da. Und möchten uns mit Ihnen unterhalten. Falls Ihr Zustand das zulässt." Der Spott hinter Mohrdiecks Worten ist Timm nicht entgangen. Er setzt sich auf, schwingt die Beine aus dem Bett. „Wenn es sein muss."

Schütt tritt näher. „Wir versuchen es, Herr Thode. Und wenn es Ihnen zuviel wird, brechen wir ab."

Froh, die Zelle für einige Zeit verlassen zu dürfen, folgt Timm den Ermittlern. Seine Angst vor ihren verfänglichen Fragen verflüchtigt sich, als sie ihn nicht zum Justizamt führen, sondern in das Wohnzimmer des Wärters.

Frau Annelene gießt frisch duftenden Kaffee auf, stellt eine Schale mit Kleingebäck auf den Tisch und entfernt sich diskret, als die Herren Oberräte Timm gegenüber Platz genommen haben. Aufgeräumt und scheinbar gut gelaunt bitten sie Tietjens, sich neben den Inculpanten zu setzen.

Der Wärter blickt fragend in die Runde. Mohrdieck nickt ihm zu: „Sie vermissen von Prangen? Der ist heute unabkömmlich. Muss in Glückstadt eine Verhandlung protokollieren."

Timm ist erleichtert. Ohne Protokollführer kein Verhör. Höchstens ein privates Gespräch über Nebensächlichkeiten. Doch er irrt.

„Sie waren einige Jahre außer Haus", beginnt Mohrdieck die ‚Unterhaltung'. „Unter anderem beim Müller Lembke in Krummendiek. Hat es Ihnen dort gefallen?"

Timm spürt, dass der Oberrat ihm eine Falle stellen will. „Eigentlich nicht übel. Der Meister war freundlich. Die Frau kochte gut. Und mit dem Gesellen Meyer hab ich mich prima verstanden."

„Soso". Mohrdieck schürzt die Lippen. „Aber die Arbeit war hart. Dazu der Staub, der Dreck, die Mehlsäcke, die sie hochschleppen mussten. Bis zu zwei Zentner schwer. Da wären Sie doch gern wieder daheim gewesen. Oder?"

Wie bei einer Verschnaufpause während harter Arbeit fährt Timm sich mit dem Handrücken über die Nase. „Ich weiß nicht. Mein Vater ..."

„Genau." Mohrdiecks Ton wird schärfer. „Ihr Vater hätte Sie nicht aufgenommen, wenn Sie bereits nach zwei Wochen vor der Tür gestanden hätten. Aber Sie wollten weg. Weg von Mühlenstaub und

Säckeschleppen. Sie wollten unbedingt wieder nach Hause."

„So war das nicht. Ich wär' länger geblieben, wenn die Mühle nicht ..."

„... abgebrannt wäre", ergänzt Mohrdieck. „Ein für Sie günstiger Zufall. Erzählen Sie uns, was sich genau zugetragen hat. Am 4. Juni 64."

„Ja, aber, was hat das zu tun mit ...?"

„Wir stellen hier die Fragen." Eiskalt klingt Mohrdiecks Stimme. „Und Sie antworten. Und zwar wahrheitsgemäß."

„Ich war mit Reimer Meyer oben in der Mühle. Der Meister war mit seiner Frau nach Itzehoe. Zum Einkaufen. Der Meyer und ich, wir war'n die ganze Zeit zusammen. Und dann kam plötzlich die Köchin auf den Hof gerannt. ‚Feuer!' rief sie. Immer wieder: ‚Feuer! Feuer!' Die kreischte richtig. Da sind wir beide, der Meyer und ich, rübergelaufen. Und da stand der Boden vom Hinterhaus schon in Flammen."

Mohrdieck hebt die Hand, um Timms Redefluss zu unterbrechen. „Ich weiß. Und Sie haben gemeinsan mit dem Meyer versucht, den Brand zu löschen. Leider vergeblich. Das gesamte Anwesen brannte nieder." Er beugt sich leicht zu Timm hinüber. „Sie brauchten nur ein paar Minuten, um sich unbemerkt vom Müllergesellen zu entfernen. Auf dem Boden des Hinterhauses das dort lagernde Heu und Stroh anzuzünden und wieder am Arbeitsplatz zu sein."

„Nein! Das stimmt nicht! Sie wollen mir was einreden. Ich soll das Feuer gelegt haben? Bloß, damit mein Vater mich wieder aufnehmen würde? Fragen

Sie doch den Meyer. Der kann bezeugen, dass wir die ganze Zeit in der Mühle zusammen waren. Bis die Köchin zu schreien anfing."

Mohrdieck winkt ab. „Den Meyer vernehmen wir gesondert. Jetzt wollen wir von Ihnen hören: Haben Sie die Mühle angesteckt?"

„Nein und nochmal nein!" Timm atmet schwer mit offenem Mund, verkrampft die Hände, verdreht die Augen. Sackt auf dem Stuhl zusammen.

„Lene! Lene!" Tietjens ist aufgesprungen.

Frau Annelene stürzt zur Tür herein. Wirft den Herren Oberräten einen vorwurfsvollen Blick zu. Packt Timm bei den Schultern, rüttelt ihn, rennt zur Küchentür: „Jan! Jan! Du muss mit anfooten!"

Der 15-Jährige, groß und kräftig, erscheint, übersieht den Besuch, guckt missmutig auf Timm hinunter: „Geiht dat all wedder los?"

„Das wär's denn wohl?" Schütt steckt das Notizheft in die Innentasche seines Jacketts.

„Nicht ganz", erwidert Mohrdieck. Er winkt Tietjens, der schwer atmend in der Tür steht, zu sich. „Sie haben umsichtig gehandelt. Meine Anerkennung. Wie geht es ihm?"

Der Wärter wischt sich den Schweiß von der Stirn, zuckt die Schultern: „Schwer zu beurteilen für einen Laien. Aber wenn Sie mich fragen: Verstellung ist das nicht. War verdammt schwierig, ihn ins Bett zu kriegen." Er versucht ein Lächeln. „Aber mit der Zeit gewöhnt man sich dran."

„Ich höre, Sie besitzen ein Pferd?"

„Ja. Felix. Einen Wallach. Sieben Jahr alt. Prächtiges Tier." Tietjens Stolz ist unüberhörbar.

„Dann bringen Sie mir mal die Gerte!"

Tietjens zögert: „Die Gerte?"

„Sehr wohl. Auch ein gutes Pferd braucht bisweilen die Reitpeitsche. Und ein störrischer Mensch allemal." Mohrdieck lehnt sich zurück. Macht, als Tietjens sich auf dem Weg zur Tür ratlos umblickt, eine Scheuchbewegung. „Nun gehn Sie schon!"

„Aber, Herr Kollege! Sie wollen doch nicht etwa ..." Schütt hat Mohrdiecks Unterarm ergriffen. „Das kann Sie Ihr Amt kosten."

„Mein Amt?" Mohrdieck lächelt überlegen, zieht aus der Jackentasche ein gefaltetes Blatt. „Schauen Sie. Unser Einsatzbefehl." Er fährt mit dem Zeigefinger über die Zeilen. „Hier steht's: In freiem Ermessen sind sie bemächtigt, gegen Jedermann zu verfahren. Und nun verfahren wir in freiem Ermessen gegen den Thode."

Voll bekleidet liegt Timm auf dem harten Eisenbett. Flach atmend. Die Augen geschlossen.

„Soll ich versuchen, ihn zu wecken?" Tietjens tritt an das Bett heran.

„Lassen Sie nur. Er wird nicht reagieren." Mohrdieck beugt sich über den Liegenden. Streichelt mit der Kuppe des Zeigefingers dessen Wimpern. „Seh'n Sie genau hin." Unbewusst hat er die Stimme gesenkt. „Haben Sie's bemerkt? Er blinzelt."

Mohrdieck streckt sich. „Geben Sie mal her." Tietjens reicht ihm die Gerte.

Schütt hebt abwehrend die Hand, beugt sich über Timm: „Herr Thode, hören Sie mich? Falls Sie simulieren, ist dieses zwecklos. Antworten Sie bitte."

Timm öffnet leicht den Mund. Doch es kommt ihm kein Laut über die Lippen, und die Augen bleiben geschlossen.

Mohrdieck schiebt den Kollegen sanft zur Seite. Und schon saust die Peitsche auf Timm herab. Trifft ihn quer über den Oberkörper, von der Schulter bis zur Hüfte.

Ruckartig setzt der Gepeinigte sich auf. Blickt Mohrdieck mit offenem Mund und geweiteten Augen an: „Wa', was soll das?"

„Tscha, lieber Thode, wir wollten Sie nur aus Ihrer Ohnmacht befreien. Mit einem probaten Mittel." Mohrdieck lächelt süffisant. „Dazu bedarf es offensichtlich keines Arztes." Dann fährt er, wieder ganz der Ermittler, fort: „Ich frage mich nur: Wie konnten Sie das dreißig Stunden lang durchhalten? Damals in Schwarzkopfs Haus?"

„Das war echt", stammelt Timm, „da war ich wirklich ..."

Mohrdieck lässt nicht locker. „Sicher. Nach allem, was auch immer vorgefallen war, haben die Kräfte Sie verlassen. Sie waren völlig erschöpft. Aber dreißig Stunden durchgängig ohne Bewusstsein waren Sie nicht. Hatten wache Momente. Und haben etwas mitbekommen. Zum Beispiel, dass einige Leichen vom Feuer fast unversehrt blieben. Mit entsetzlichen Verletzungen."

Heftig schüttelt Timm den Kopf. „Nein, nein. Ganz gewiss nicht. Das alles hab' ich hinterher erfahren."

Schütt tritt ans Bett, legt die Hand auf Timms Schulter. „Herr Thode. Es macht keinen Sinn, uns zu belügen. Sie sehen doch, wir kommen dahinter. Wollen Sie uns nicht endlich die volle Wahrheit sagen?"

22

Unermüdlich suchen Mohrdieck und Schütt nach weiteren Indizien. Wieder und wieder studieren sie die Akten, das Fundament, auf dem sie ihre Ermittlungsarbeit aufbauen. Ihr Interesse gilt vor allem den penibel protokollierten Vernehmungen sowie den Erkenntnissen, die ihre Vorgänger aus ungezählten Befragungen gewonnen haben. Wo sie Informationslücken entdecken, haken sie nach, laden erneut Zeugen vor, forschen nach in Timms Umfeld und Vergangenheit.

Außer Acht lassen sie die von Rötger und Jacobsen landesweit betriebene Suche nach der Mörderbande. Das wirft bei den Recherchen bisweilen Probleme auf.

„Se fragt bloots noch na Timm", tuscheln sich die Beidenflether zu. „Un de Mörders laat se loopen."

Auftrieb für die Skeptiker, die von Anfang an den Alleinerben verdächtigten, auf irgendeine Weise in das Verbrechen verwickelt zu sein. Dass Timm aber, allein und ohne fremde Hilfe, die Seinen auf brutale

Weise umgebracht haben könnte, hält niemand für möglich.

Die Ermittler hüten sich, darüber ein Sterbenswörtchen zu verlieren. Dazu haben sie allen Grund. Denn nach wie vor fischen sie im Trüben. Entwickeln sogar allmählich Verständnis für den blinden Eifer, mit dem die erste Kommission die Jagd auf die Mordbande bis ins Absurde gesteigert hat. Zugleich setzen sie sich dem Verdacht aus, aufs Geratewohl einen Unschuldigen hinter Gitter gebracht zu haben, nachdem die Fahndung nach den Mordbuben misslungen ist.

Dennoch bleibt Mohrdieck optimistisch. „Wir müssen ihn noch eindringlicher mit seinen Taten konfrontieren“, schlägt er dem Kollegen vor. „Auch wenn Beweise fehlen.“

Schütt wiegelt ab: „Er wird weiterhin alles abstreiten. Lügen, dass sich die Balken biegen. Und zur Not in Ohnmacht fallen. Wie bei der Sache mit dem Mühlenbrand in Krummendiek.“

„O nein. Ich denke, dass haben wir ihm ein für allemal ausgetrieben.“

Damit soll Mohrdieck Recht behalten. Nicht ein einziges Mal wird Timm wieder Bewusstlosigkeit vortäuschen.

Den 24. Mai des Jahres 1867 werden die Ermittler noch lange in Erinnerung behalten als Meilenstein in der Chronologie ihrer mühseligen Aufklärung. An diesem Tag reißt die Naht in Timms Lügengewebe.

Und von da an ist es nur noch eine Frage der Zeit bis zum lückenlosen Geständnis.

„Ich schlage vor, wir setzen zunächst die Ohnmachtssache fort. Wenn er sich dabei nur einmal verplappert, haben wir ihn am Wickel."

Schütt ist mit der Marschrichtung seines Kollegen einverstanden: „Dann können wir nachweisen, dass er die Räuberbande erfunden und eine falsche Spur gelegt hat."

„So, lieber Thode, nun erzählen Sie uns mal, warum Sie gestern den Bewusstlosen gespielt haben." Mohrdieck gibt sich jovial. Ganz der wohlmeinende Vernehmer mit Verständnis für menschliche Schwächen.

„Ich wollte raus. Nach Hause, zum Jens in Sude. Ich konnte es nicht mehr aushalten. Weil ich unschuldig bin."

„Unschuldig. Hm." Mohrdieck wiegt den Kopf. „Aber Sie wollten uns täuschen. Und haben gesehen, dass man uns nicht in die Irre führen kann."

Unvermittelt ergreift Schütt das Wort: „Kommen wir auf den 8. August zurück. Wie haben Sie es bloß ausgehalten? Dreißig Stunden ohne Nahrung. Sie sind doch ein guter Esser, wie man hört."

„Ich hab keinen Hunger gespürt. Nicht mal Durst. Ich hab überhaupt nichts gespürt."

„Nana." Mohrdiecks Ton wird lehrerhaft. „Als man Ihnen Blutegel aufsetzte, Essigverbände anlegte, Sie wusch und rasierte, Sie auszog und ihren Körper nach Verletzungen untersuchte, winzige Schmutzpartikel unter den Fingernägeln abkratzte – da sind Sie nicht ein einziges Mal wach geworden? Auch nicht für kurze Momente?“

Timm schüttelt den Kopf. „Ich war von Sinn und Verstand. Ich lüg Ihnen nix vor.“

Mohrdieck überlegt. Und beschließt, einen simplen Trick anzuwenden: Die zweite Frage vor der ersten stellen. Timms schwerfällige Kombinationsgabe nutzen. Ihn überrumpeln. Er fragt, beiläufig, freundlich: „Wann haben Sie beschlossen, sich vor Schwarzkopfs Tür bewusstlos zu stellen?“

Timm begeht einen Kardinalfehler. Er sinnt nicht über Mohrdiecks Frage, seine Zielsetzung nach. Er antwortet spontan: „Auf dem Weg von unserm Hoftor zu Schwarzkopf.“

Kurz blickt Mohrdieck zum Kollegen hinüber. Der pustet durch die gespitzten Lippen wie nach einem gelungenen Kraftakt.

„Warum haben Sie sich verstellt und Ohnmachtsanfälle vorgetäuscht?“ Gleich zu Beginn der Vernehmung wuchert Mohrdieck mit seinen Pfunden.

Timm schweigt. Überlegt. Nicht noch einmal will er mit einer spontanen Antwort in die Falle tappen.

Schütt beugt sich zu ihm hinüber: „Sagen Sie die Wahrheit. Eine Lüge noch und Sie werden auf kalte Kost gesetzt. Sie wissen, was das heißt? Wasser und trocken Brot.“

„Es war nicht mein Wille, die Commission zu täuschen. Ich konnte es nur nicht mehr aushalten. In der Zelle. Weil ich unschuldig bin.“

„Unschuldig? An allem? Das glaube ich Ihnen nicht.“ Messerscharf zerschneidet Mohrdiecks Zwischenruf die Stimmung. „Gestehen Sie endlich, dass Sie es allein getan oder Gehilfen gehabt haben.“

Selbst von Prangen, der, am Schreibpult stehend, jedes Wort notiert, hebt überrascht den Kopf.

„Ich. Habe. Es. Nicht. Getan.“ Jedes Wort betont Timm wie eine Beschwörungsformel. Und fügt leise hinzu: „Ich hätte es längst eingestanden. Ich hätte keine Ruhe auf der Welt mehr, wenn ich es getan hätte.“

Mohrdieck sucht Blickkontakt mit dem Kollegen. Der schüttelt kaum merklich den Kopf, als wolle er signalisieren: So kommen wir nicht weiter.

Mohrdieck stützt das Kinn auf den Daumen der geballten Rechten. Lässt in Gedanken den entscheidenden Augenblick des gestrigen Gesprächs Revue passieren. Ja. Das war‘s! Die zweite Frage vor der ersten. Ich versuch’s noch einmal. Aber Vorsicht! Ihn nicht anschauen, nicht suggerieren! Ganz beiläufig einen scheinbar belanglosen Umstand erwähnen.

Er geht ans Fenster. Blickt hinaus. „Wer hat Ihnen geholfen?“

Timm atmet tief durch. Schaut unsicher um sich: „Johann Bielenberg und Christian Hinrichsen.“

Verblüfftes Schweigen. Die Atmosphäre in dem sachlich nüchternen Bureau ist plötzlich zum Zerreißen gespannt. Bewusst langsam geht Mohrdieck zum Schreibtisch zurück. Setzt sich. „Nun. Erzählen Sie.“

Timm beißt sich auf die Unterlippe. Dann sprudelt es förmlich aus ihm heraus: „Sie waren noch nicht da, als Vater und Mutter kamen. Sie kamen erst um halb zehn. Johann hatten sie schon totgemacht, als ich sie einließ. Sie gingen in die Knechtskammer und schlugen meine anderen Brüder tot. Dann führte ich sie in die kleine Stube. Ich blieb auf der Diele stehen. Sie schlugen meine Eltern und meine Schwester tot. Ich konnte es seh'n. Ganz zu haben sie die Tür nicht gemacht. Meinen Vater und meine Mutter hat Johann Bielenberg totgeschlagen. Mit einem Knüppel. Auch hatten beide ein Schlachtermesser, womit sie zustachen. Meine Mutter jammerte sehr. Christian Hinrichsen tötete meine Schwester und stach sie wie von Sinnen. Er hatte auch ein Beil. Sie jammerte fürchterlich. Reimer schlug er nur einmal. Dann war der weg. Christian Hinrichsen ging nach der Köchin. Sie wurde zuletzt totgemacht. Ich führte ihn zu ihr hin. Er schlug ein paarmal mit der Axt auf ihren Kopf. Da war sie tot. Dann gingen sie zur Scheune und steckten sie mit Zündhölzern an. Dann zurück ins Haus, zogen das Stroh unter dem Bettzeug heraus und zündeten es an."

Schütt winkt den Gefängniswärter zu sich: „Abführen!" Und zwei Tage kalte Kost!" Er wendet sich Timm zu: „Das ist unsere Antwort auf Ihren infamen Versuch, die Schuld auf andere abzuwälzen."

„Nicht zu glauben. Einfach nicht zu fassen. Er zieht zwei Unschuldige in die Sache rein. Ob er wirklich glaubt, mit solchen Einfällen seinen Kopf retten zu können?“ Mohrdieck zieht ein Taschentuch und wischt sich den Schweiß von der Stirn.

Schütt blättert in den Protokollen. Er erinnert sich, gelesen zu haben, dass es sich bei Bielenberg und Hinrichsen um zwei Schlachter aus Beidenfleth handelt. Sie wurden, wie fast alle Männer des Dorfes, bereits in den ersten Tagen nach dem Verbrechen von Rötger und Jacobsen überprüft.

„Hier haben wir sie. Johann Bielenberg, Besitzer einer Schlachterei und einer Gastwirtschaft mit Kegelbahn. Christian Hinrichsen, Schlachtergeselle und Bielenbergs Schwiegersohn. Arbeitet im Betrieb des Schwiegervaters.“

Schütt beugt sich über die Akte. „Bielenberg weckte seinen Schwiegersohn gegen ein Uhr dreißig. Der machte sich auf und traf vor der Haustür Reimer Thode an, Timm Thodes Onkel. Gemeinsam eilten sie nach Groß Campen zum brennenden Hof. Hinrichsen reihte sich sofort bei den Helfern ein. Etwas später kam auch Bielenberg hinzu. Beide traten Stunden später, nachdem die Leichen geborgen waren, völlig erschöpft den Heimweg an.“

Wütend knirscht Mohrdieck mit den Zähnen: „Ordentliche Leute, die hart arbeiten. Und keine Minute zögerten, als es galt, zu helfen und zu retten.“

„Naja.“ Schütt hat weitergeblättert. „Hier ist ein Zusatz. Beide sind im Dorf als raue Burschen bekannt. Hinrichsen hält sich in seiner Freizeit vorwiegend auf der Kegelbahn auf. Wird schnell aggressiv, besonders, wenn er getrunken hat. Gilt aber als fleißiger Arbeiter und ehrlicher Mann. Seine Aussage und die seines Schwiegervaters wurden durch Zeugen bestätigt."

„Was um alles in der Welt mag den Thode veranlasst haben, gerade die Beiden zu beschuldigen?"

„Nun, er hat ohne Überlegung zwei Leute benannt, die ihm gerade einfielen. Und er kannte Hinrichsen und Bielenberg von seinen Besuchen auf der Kegelbahn, wo er am Wochenende oft sein Taschengeld verspielte."

Mohrdieck schüttelt verständnislos den Kopf: „Er denunziert ohne lange Überlegung zwei aus seinem Bekanntenkreis. Ziemlich einfallslos."

„Nicht unbedingt. Beide sind Schlachter von Beruf. Und auf die hatten unsere Vorgänger ein besonderes Auge. Schließlich ist ein Messer unter den Tatwerkzeugen. Und ein kurzstieliges Beil, wie es zum Knochenhauen benutzt wird. Schau'n Sie sich außerdem die Festnahmen an. Darunter verdächtig viele Schlachter. Und, wie sich am Ende herausstellte, allesamt ehrbare Handwerker, die nur ihres Berufes wegen in Verdacht geraten sind."

Schütt schließt die Akte, verstaut sie im Schreibtisch. „Ich denke, wir verfolgen die Lügengeschichte nicht weiter. Reine Zeitverschwendung." An Mohrdiecks Tonfall merkt er, dass dieser mit seinem Vorschlag nicht einverstanden ist.

„Natürlich lügt er. Trotzdem bin ich der Meinung, wir lassen ihn den Faden weiterspinnen. Ich würde gern erfahren, wie das angebliche Komplott zustandegekommen ist. Da könnte sich leicht ein Körnchen Wahrheit herauskristallisieren. Denken Sie nur an gestern. Wie er die Taten seiner Mitverschwörer schilderte. Das lässt in vielen Einzelheiten Rückschlüsse auf sein eigenes Vorgehen zu."

„Sie haben Recht." Schütt, einmal mehr beeindruckt vom Scharfsinn seines Kollegen, stimmt zu. „Er wird zwar weiterhin lügen. Aber damit gibt er uns immerhin die Chance, kleine Wahrheiten zu entdecken. Wie gestern, als er die Sache mit der Mörderbande offenbar völlig vergessen hatte."

Mohrdieck fühlt sich bestätigt. „Ja. Die ist endgültig vom Tisch. Sie sehen: Je mehr er plaudert, umso mehr bleibt für uns hängen. Hauptsache, er hüllt sich nicht plötzlich in trotziges Schweigen. Dann können wir einpacken. Denn wir haben, genau besehen, kein einziges vor Gericht verwendbares Beweismittel gegen ihn in der Hand."

23

„Nicht gut drauf heute?" Aufmerksam und süffisant zugleich blickt Mohrdieck seinem Gegenüber ins Gesicht. „Mir scheint, die kalte Kost bekommt Ihnen nicht."

Timm, blass und übernächtigt, atmet tief durch. „Die Zelle. Die schlechte Luft. Das trübe Licht. Ans Fenster muss ich kriechen, wenn ich lesen will."

„Sie lesen gern?" Schütt, der weiß, dass Timm eine Leseratte ist, gibt sich freundlich interessiert. „Was denn so alles?"

„‚Robinson Crusoe‘ hab ich schon zweimal durch. Auch den ‚Lederstrumpf‘. Und der ‚Werther‘ ist mir zu hoch. Solche Bücher, die aus lauter Briefen bestehn, mag ich nicht. Und außerdem ...“

„Außerdem?“ Mohrdieck horcht auf, als Timm stockt.

„Außerdem das Essen. Wasser und Brot. Ich kann’s doch bezahlen. Und Frau Tietjens kocht gut.“

„Stimmt. Solange Sie die Wahrheit sagen. Die reine Wahrheit. Ohne Ausflüchte. Dann gibt es Essen nach Ihrer Wahl.“ Schütt bewahrt den väterlichen Ton. „Wie, zum Beispiel, sind Sie darauf gekommen, die beiden Schlachter als Täter zu benennen?“

„Das alles fing an am Sonntag vorher. Bei Johann Bielenberg auf der Kegelbahn. Wir drei waren allein. Johann kam zuerst auf den Gedanken. Er habe sich was ausgedacht. Wenn ich schweigen könnte. Dann haben sie mir den Plan verraten. Sie sagten, ich sollte ihnen zehntausend Taler dafür geben. Hinterher.“

Hart fährt Mohrdieck dazwischen: „Und das haben Sie offen auf der Kegelbahn besprochen? Unmöglich! Sagen Sie die Wahrheit!“

Timm zuckt zusammen. „Es ist die Wahrheit. Es war früh am Morgen. Wir waren allein. Sie haben mich verführt.“

„Verführt? Wozu? Ihre Familie umzubringen mit ihrer Hilfe? Abzuschlachten wie Vieh?“ Wie immer, wenn er erregt ist, springt Mohrdieck auf. Geht unruhig auf und ab. Bleibt stehen vor Timm. „Angenommen – nur angenommen – wir würden Ihnen die Geschichte glauben. Wir würden für bare Münze nehmen, zwei geldgierige Halunken hätten Sie überredet, verführt. Dann frage ich Sie: Was war mit Johann?"

Ratlos blickt Timm zu Schütt hinüber. Der nickt kurz: „Sie sagten, die Beidenflether hätten ihn draußen ‚totgemacht'. Bevor Sie sie gegen halb zehn ins Haus ließen. Wo draußen?"

„Ich weiß nicht. Auf dem Hof vielleicht. In der Scheune. Im Schauer. Ich hab's doch nicht geseh'n."

„Sie wissen, wie Johann gestorben ist." Mohrdieck setzt sich wieder Timm gegenüber, die geballten Hände auf dem Tisch. „Und Sie wissen auch, dass er noch lebte zu dem Zeitpunkt, als die angeblichen Täter den Hof längst verlassen hatten. Sie wissen, dass ihm nach ersten Schlägen mit einer Keule, die leider nicht mehr auffindbar ist, eine Zeitlang später der Kopf mit einem Hammer zertrümmert wurde. Sie haben Johann erschlagen! Sie allein!"

Er beugt sich über den Tisch. Nur eine Handbreit ist sein Gesicht von Timms entfernt. „Mann! Thode! Sagen Sie es endlich!" Hörbar stößt Mohrdieck die Luft aus. Lehnt sich zurück. Lässt Timm nicht aus den Augen.

Timm starrt ihn an. Schielt kurz zu Schütt hinüber, als erwarte er Hilfe, Einspruch gegen die ungeheuerliche Anschuldigung.

Schütt blättert wie abwesend in den Akten. Und selbst der unauffällige von Prangen steht, den Federhalter zwischen Daumen und Zeigefinger, wie erstarrt am Schreibpult.

Timm schlägt die Augen nieder. Blickt gequält auf seine groben Hände. „Ja. Ich habe überhaupt alles allein getan."

Tickt die große alte Standuhr in der Ecke des Bureaus lauter? Schrammt die Feder des Protokollführers härter als sonst über das Papier, als dieser mit leicht zitternder Hand niederschreibt: „Antwort: Ja. Ich habe überhaupt alles allein getan"–?

Mohrdieck hat den Eindruck, dass in der bedrückenden Stille Geräusche wachwerden, die er bislang nicht vernommen hat. Zugleich stellt er verwundert fest, dass er keinen Triumph verspürt. Keine Genugtuung, nach wenigen Wochen das Nahziel erreicht zu haben: das Geständnis.

„Genug für heute". Er winkt Tietjens zu sich, der in soldatischer Haltung mit unbewegtem Gesicht an der Tür steht: „Nehmen Sie ihn mit. Und geben Sie ihm ein vernünftiges Abendbrot."

Tietjens legt Timm die Hand auf die Schulter: „Gehn wir."

Timm erhebt sich schwerfällig, sieht Mohrdieck mit seltsam müden Augen an: „Ich habe jetzt die volle Wahrheit gesagt. Es ist niemand auf der Welt, der dabei geholfen hat und davon weiß."

Als Timm an Tietjens Seite den Raum verlassen hat, löst sich die Spannung. Eilfertig legt Obersekretär von Prangen den Herren Oberjustizräten das Vernehmungsprotokoll zur Unterschrift vor. Datiert auf den 26. Mai 1867.

„Mein lieber Mohrdieck, ich kann nicht umhin, Ihnen meine Anerkennung zu zollen.“ Erstmals seit Beginn ihrer Zusammenarbeit spricht Schütt den Kollegen namentlich an. „Nur Ihrer geschickten Befragung ist der Erfolg zu danken.“

Mohrdieck fühlt sich geschmeichelt. Doch er ist selbstkritisch genug, sich den Ausgang der Vernehmung nicht allein zuzuschreiben. „Stellen Sie Ihr Licht nicht unter den Scheffel, bester Freund. Letztlich haben Sie durch genau die richtigen Zwischenfragen bewirkt, dass die Sache nicht einseitig gelaufen ist. Dass er geredet hat, auch als es eng wurde für ihn.“

Er tippt aufs Protokoll: „Das hier ist trotz allem Stückwerk. Wo ist das Motiv? Was wissen wir vom Ablauf der Tat? Und nach wie vor stellt sich die Frage: Wie konnte er es allein schaffen? Unvorstellbar!“

Schütt nickt zustimmend: „Hauptsache, er widerruft morgen nicht. Redet sich auf einen Schwächeanfall heraus. Auf Erpressung durch Nahrungsentzug und Isolation. Wir müssen ihn, soweit es möglich ist, bei Laune halten. Meinetwegen mit schmackhafter Kost. Vergessen Sie nicht, er ist ein Fresser.“

„Ein altbewährtes Mittel“, erwidert Mohrdieck lachend, „Zuckerbrot und Peitsche.“ Sofort wird er wieder ernst. „Schritt für Schritt soll er uns den Tatablauf schildern. Das wird grausig, ist aber unumgänglich.“

„Was ist mit der Öffentlichkeit?“ Schütt nimmt ein druckfrisches Exemplar der Itzehoer Nachrichten zur Hand. „Eine Kurzmeldung dürfte vorerst genügen. Aber auch die wird einschlagen wie ein Blitzgewitter."

„So ist es", pflichtet Mohrdieck ihm bei. „Und deshalb halte ich es für übereilt, die Leute mit einer Horrormeldung zu schocken, bevor der Thode sein Geständnis gefestigt und mit Details untermauert hat.

„Wann sind Sie auf den Gedanken gekommen, Ihre Familie umzubringen?" Kaum hat Timm gegenüber den Ermittlern Platz genommen, setzt Mohrdieck das Verhör fort.

„Sechs bis sieben Wochen vorher", erinnert sich Timm. Und fährt, offenbar beeindruckt von Mohrdiecks sachlichem, beinahe freundlichem Ton ungefragt fort: „Ich bin immer verstoßen gewesen. Meine Brüder und mein Vater haben mir Unrecht getan. Bei der Arbeit und bei allem."

„Sie fühlten sich also ungerecht behandelt. Aber haben Sie nicht selbst zu diesem Umstand beigetragen?", wendet Schütt ein. „Warum denn hat Ihr Vater Sie als einzigen seiner Söhne mehrmals vom Hof gewiesen? Warum hat er Sie, kaum dass Sie konfirmiert waren, für neun Monate bei der Witwe Lakemann auf der Beidenflether Mühle untergebracht und später auf zahlreichen verschiedenen Hofstellen?" Dort jagte man Sie wiederholt davon. Oder Sie türmten bei Nacht und Nebel. Und standen mehr als einmal vor der Haustür Ihres ungeliebten Vaters. Wie reimt sich das zusammen?"

Timm ist verunsichert. Spürt, dass die Ermittler ihm die Rolle des Prügelknaben nicht abnehmen.

Und dass sie über jedes Detail seiner Vergangenheit informiert sind. „Naja. Manchmal hatte ich trotz allem ein bisschen Heimweh."

Scharf nimmt Mohrdieck ihn ins Visier: „Wir wissen, dass man Sie von der Schafhaltung ausgeschlossen hat. Und Sie nicht an die Pferde heranließ. Uns ist auch bekannt, dass Sie gelegentlich gehänselt wurden. Als Sie aber Ihre Pinneberger Stellung verließen, nach Hause kamen und anschließend sechs Wochen krank waren, da ließ Ihr Vater alle zwei, drei Tage den Arzt kommen. Ihre Frau Mutter wachte Tag und Nacht an Ihrem Bett. Ihre Schwester Anna kümmerte sich rührend um Sie. Und selbst Ihre Brüder machten sich Sorgen. Vor allem Reimer, der ohnehin wie eine Klette an Ihnen hing. Und nun sagen Sie mir bitte: Was war der wirkliche, der wahre Grund für Ihre Tat? Nennen Sie uns endlich Ihr Motiv."

„Ich wollte das Geld. Ich wollte alles allein haben. Den Hof wollte ich haben. Wer den gekriegt hätte, kann ich nicht sagen. Darüber wurde nie gesprochen. Ich hätte ihn aber nicht gekriegt."

Grimmig nickt Mohrdieck vor sich hin. Über den Rand seiner Brille sieht er Timm ins Gesicht. „Habgier also. Nichts als reine Habgier."

Nach zweitägiger magerer Kost genießt Timm das Abendbrot, das Tietjens ihm in die Zelle bringt. Ein würziges Graubrot, backfrisch aus Frau Annelenes Ofen. Dazu Schinken, Mettwurst, Käse aus der Wilstermarsch, ostfriesischer Tee. Behaglich streckt er sich nach dem Essen auf dem Strohsack aus. Satt und zufrieden verdrängt er die Unannehmlichkeiten der letzten Vernehmung.

Tietjens schließt sorgfältig die Zellentür. Vernimmt leises Summen. Hält inne, das Ohr am Schlüsselloch. Offenen Mundes hört er Timm leise vor sich hin singen:

Wenn hier een Putt mit Bohnen steiht
un dor een Putt mit Brie,
denn lat ik Brie un Bohnen stahn
un danz mit mien Marie.

Un wenn Marie nich danzen kann,
denn hett se scheeve Been.
Denn treckt se lange Kleeder an,
denn is dat nich to sehn.

Kopfschüttelnd entfernt sich der Gefängniswärter in die Küche und stellt das Tablett in den Abwasch. „Kiek di dat an, Lene. Allens opfreeten. Un nu liggt he op't Bett un singt."

Liebevoll legt Annelene die Hand auf seinen Arm. „Du makst di to veel Sorgen üm em. Gönnst di Dag und Nach keen Rooh. De in Glückstadt mööt sik war infalln laten. Dat geiht nich an, dat een eenzigen Mann op een Mörder oppassen schall."

Tietjens umarmt sie, streicht ihr übers Haar. „Hest Recht, mien Deern. Jüst dorüm hebbt se den Ohrns ut Beidenfleth na uns affkommandeert. Vun morn fröh an deelt wi uns de Opsicht."

*

Timm blickt erstaunt von seinem Frühstück auf, als Hinrich Ahrens hinter dem Gefängniswärter die Zelle betritt. Er steht auf, streckt die Hand aus, will den dörflichen Gesetzeshüter begrüßen.

Ein Blick in das todernste, verschlossene Gesicht des Gendarms lässt ihn innehalten. Und ahnen, dass es aus ist mit der vergleichsweise rücksichtsvollen Behandlung durch den gutmütigen Tietjens.

Ahrens, auf Veranlassung der Ermittler vom Glückstädter Obergericht beauftragt, sich sofort nach Itzehoe zu begeben behufs Verstärkung der Bewachung des geständigen Inculpanten Timm Thode, übersieht die ausgestreckte Hand. Die Nachricht vom Geständnis hat ihn schwer getroffen, wenngleich die Ermittler ihm schon vorher von dem sich verdichtenden Verdacht gegen Timm und von seiner Verhaftung berichtet hatten.

„Ausziehen! Bis auf die Unterhose!" schnarrt er und zieht Notizblock und Bleistift aus der Brusttasche. Verärgert beobachtet er, dass Tietjens einem geständigen Mörder beim Entkleiden behilflich ist. Breitbeinig baut er sich vor dem leicht zitternden Timm auf. Und notiert:

Haar: fahlblond, etwas rötlich;
Augenbrauen: des Gleichen;
Lippen: wulstig;
Mund: gewöhnlich offenstehend;
Zähne: schmutzig-gelb, fast gesund;
Ohren: mittelgroß, leicht abstehend;
Statur: Rücken etwas krumm, Brust eingefallen, lange Arme und Beine, große Hände und Füße;

Besondere Kennzeichen:
linke Wade etwas dünner als die rechte.

Stoisch lässt Timm die Visitation über sich ergehen. Vergeblich sucht er Augenkontakt mit Ahrens, der ihm wie ein Pferdehändler den Mund aufreißt und wie ein Viehschätzer seinen Körper begutachtet.

„Anziehen!“, befiehlt er. Dann wendet er sich Tietjens zu: „Die Handfesseln!“

Der Wärter eilt hinaus und erscheint nach wenigen Minuten mit einer Eisenkette.

Ergeben streckt Timm ihm die Hände entgegen. Doch Ahrens krächzt mit belegter Stimme: „Hände auf den Rücken!“

„Mutt dat ween, Hinnerk? Ik loop ju nich wech.“ Hilflos versucht Timm einen persönlichen Kontakt herzustellen.

Ahrens strafft sich, steckt wie ein Feldwebel die Daumen hinter den Gürtel und wirft Timm einen verächtlichen Blick zu: „Für Sie: Herr Wachtmeister!“

Gegen sieben Uhr betritt Timm, gefesselt und eingezwängt zwischen den Uniformierten, die zum Justizamt führende Straße. Nur wenige Bewohner der noch im Schlaf liegenden Kleinstadt kommen ihnen entgegen. Darunter zwei junge, grob gekleidete Frauen auf dem Weg zur Arbeit in der nahegelegenen Zuckerfabrik des Herrn de Voss.

Sie senken die Köpfe, schielen im Vorübergehen nach Timm, bleiben nach einigen Metern stehen und drehen sich um. „Dat mutt een Verbreeker ween. Viellicht sogoor een Dootmaker.“

24

Nervös blättert Mohrdieck in den Akten. Zum dritten Mal nimmt er das Protokoll zur Hand. Schüttelt immer wieder unwillig den Kopf. „Stimmt nicht. Stimmt von vorn bis hinten nicht, was er uns erzählt.“

Schütt kann die Ruhelosigkeit, den Pessimismus des Kollegen nicht teilen. Zufrieden sollte er sein, der Strebsame. Ist ihm doch in weniger als drei Wochen gelungen, was die Vorgänger in acht Monaten nicht erreicht haben: das Geständnis. Froh sollte er sein, dass der Thode nicht widerrufen hat, nachdem ihm klar geworden sein muss, wie tief er in der Tinte steckt. Und sich immer mehr um Kopf und Kragen redet mit der Schilderung gruseliger Details.

Schütt braucht nicht das Protokoll, um sich an das gestrige Verhör zu erinnern. Wort für Wort hat es sich ihm eingeprägt:

„Ja. Martin, Cornils und Reimer. Die hab ich in ihren Betten erschlagen. Mit der Axt. Das war so um halb zehn herum. Später, gegen zehn, meine Eltern. Die schliefen auch schon. Dann Anna und das Dienstmädchen. Nur Johann, den hab ich draußen umgebracht. Als er die Pferde ausspannte.“

Mohrdieck will aufspringen. Den Thode am Revers packen. Ihm „Lügner!“ ins Gesicht schreien. Er widersteht der Versuchung. Zwingt sich zur Ruhe, um Timms Redeschwall nicht zu unterbrechen. Zumal er eine Taktik erkennt, mit der der Thode offenbar versucht seinen Kopf zu retten. Zu erreichen, dass ihm diese Schilderung des Tatablaufs niemand abnimmt. Wird er gar am Ende mit der Ausrede kommen, er habe nur aus Angst vor der Rache der Täter alle Schuld auf sich genommen?

„So war es, und es ist die reinste Wahrheit." Timm lehnt sich zurück, wie jemand, der es seinen Widersachern gezeigt hat.

Nun hält es Mohrdieck nicht mehr länger auf dem Stuhl. Er springt auf, hochrot im Gesicht. „Sie lügen! Versuchen uns für dumm zu verkaufen! Niemals konnten Sie in einer so kurzen Zeit ..."

Durch kurzes, unüberhörbares Räuspern gibt Schütt dem Erregten zu verstehen, ihm die nächsten Fragen zu überlassen.

Mohrdieck nickt zustimmend: „Gern."

„Nach dem Kaffeetrinken, so gegen vier, holte Reimer, der Jüngste, die Kühe von der Weide und trieb sie zum Melkplatz. Er, Cornils und das Dienstmädchen haben gemolken. Martin räumte nach dem Dreschen die Große Diele auf. Sie fütterten die Schweine."

Timm, zunächst erschrocken über Mohrdiecks Ausbruch, nickt eifrig. „Das war so zwischen fünf und halb sechs."

„Gegen sieben fanden sich alle in der Küche ein. Zum Abendessen. Außer Ihren Eltern und Johann. Die waren ja unterwegs. Beim Bauern Starck."

„Ich war ein bisschen früher da. So gegen halb sieben. Da war die Tenzer noch da, unsere Neihkatrin. Die wollte aber nicht zum Abendbrot bleiben. Ich hab sie noch zum Tor gebracht."

„Das Abendbrot zog sich hin. Bis acht etwa. Was geschah dann?"

„Ich hab meine Pfeife gestopft. Und das „Itzehoer Wochenblatt" gelesen. Dann gingen meine Brüder schlafen."

„So früh? Ist das nicht ungewöhnlich?" Schütt sieht Timm zweifelnd an.

„O nein. Es war ein heißer Tag. Und die hatten tüchtig was geschafft. Auch Abel war hundemüde."

„Sie leisteten anschließend Ihrer Schwester Anna Gesellschaft. Bis auch sie sich schlafen legte. Als gegen zehn Ihre Eltern eintrafen und sich sofort ins Schlafzimmer begaben, gingen Sie auf den Hof. Halfen Johann beim Ausspannen. Und erschlugen ihn im Wagenschauer."

Timm presst die Lippen zusammen. Er weiß, die Sache mit Johann ist ein Knackpunkt für die Ermittler. Und ein Stolperstein, der ihn endgültig zu Fall bringen kann.

Schütt bohrt weiter: „Nun wird's unvorstellbar. Sie gehen zurück ins Haus. Dort schlafen sieben Menschen. Und lassen sich, ohne Gegenwehr, von Ihnen totschlagen."

„Nein. Anna hat sich gewehrt. Und meine Mutter, die hat gejammert."

„Die Schwächsten leisteten also Widerstrand. Aber die Männer, Ihnen an Kraft weit überlegen, haben sich nicht gemuckt? Wem wollen Sie das erzählen?“

„Es war genau so, wie ich gesagt habe.“

Schütt beugt sich vor. „Herr Thode. Wir haben Obduktionsberichte. Wir wissen, wie oft Sie zugeschlagen haben. Halten Sie uns nicht länger zum Narren. Erleichtern Sie Ihr Gewissen. Sie werden sich besser fühlen danach.“

Timm zuckt die Schultern. „Es war, wie ich gesagt habe. Das können Sie mir glauben.“

„Eben nicht!“ Schütts Gesicht verhärtet sich. Er nickt Tietjens und Ahrens zu, die mit steinernen Mienen hinter dem Häftling stehen. „Abführen!“

„Wie geht es weiter? Was machen wir, wenn er stur bei seinem Zeitplan bleibt?“ Mohrdieck legt die gespreizte Hand an die Schläfe, starrt ins Vernehmungsprotokoll. „Das hier haut uns jeder Staatsanwalt um die Ohren.“

Schütt legt den Bleistift auf den Tisch, verschränkt die Arme. „Ich habe mir mehr erhofft von Ahrens. Ein Freund der Familie. Ging bei den Thodes ein und aus. Zugleich eine Respektsperson. Geachtet in der ganzen Marsch. Ich hoffte, der Thode würde ihm Dinge anvertrauen, die er uns verschweigt.“

„Tscha. Das hab ich auch erwartet. Schließlich haben wir ihn gerade deshalb angefordert. Aber er hat von vornherein abgeblockt. Siezt den Bengel. Lässt sich mit ‚Herr Wachtmeister‘ anreden.“ Mohrdieck seufzt. Blättert in den Akten. „Naja. Schon verständlich, wenn man bedenkt, was er mitgemacht hat. Einer der Ersten am Tatort. Das Feuer. Die entsetzlich zugerichteten Leichen. Und nun der zweite Schock: das Geständnis. Da bricht eine Welt zusammen. Kein Wunder, dass er völlig verhärtet ist."

„Behalten wir ihn trotzdem?"

„Auf jeden Fall. Bei dem ist der Thode auf Nummer sicher."

Schütt nimmt den Bleistift. Betrachtet ihn nachdenklich. Knallt ihn auf den Tisch. „Ich hab eine Idee. Geistliche Betreuung. Ein vertrauliches Gespräch unter vier Augen. Vielleicht hilft das uns weiter."

Mohrdieck verzieht das Gesicht. „Der Thode im Beichtstuhl? Dass ich nicht lache."

Schütt lässt sich nicht entmutigen. „Ich denke da an Versmann. Der kennt sich aus im Umgang mit Gefangenen. Und hat schon manchem Verbrecher die Zunge gelockert."

„Der Versmann!" Mohrdiecks Zweifel sind wie weggeblasen. „An den hatte ich nicht gedacht. Der wäre einen Versuch wert."

Propst Ernst Versmann, kraftvoller Prediger und aufrechter Politiker in der Ständeversammlung, genießt hohes Ansehen in Itzehoe. Er ist Herausgeber eines kirchlichen Gemeindeblattes und gründete 1854 gemeinsam mit Bürgermeister Poel eine Leihbibliothek mit 500 und eine Kinderbibliothek mit 300 Bänden. Sozial engagiert, kümmert er sich um Gefängnisinsassen und hat auch Erfahrung mit verurteilten Mördern.

Sofort stimmt er zu, als die Ermittler ihn um Mithilfe ersuchen. Zugleich macht er deutlich, dass er jegliche Bespitzelung ablehnt. „Ich werde mich bemühen, ein möglichst umfassendes Psychogramm zu erstellen. Einzelheiten über seine Taten werden Sie von mir nicht erfahren, auch wenn er darüber spricht. Das herauszufinden, meine Herren, ist Ihre Sache."

Mohrdieck lässt sich seine Enttäuschung nicht anmerken. „Ich danke Ihnen. Ich bin sicher, dass auch Erkenntnisse seines Schuldbewusstseins und seiner Tätermotivation uns weiterhelfen werden."

Noch am Abend sucht der Gottesmann den Gefangenen auf. Timm zeigt sich erfreut, es ist der erste Besuch seit seiner Festnahme. Vier Stunden unterhalten sie sich in gedämpftem Ton.

Tietjens, der sich mit Ahrens die Bewachung der Zellentür im Sechs-Stunden-Takt teilt, vernimmt nur Wortfetzen. Den Ermittlern kann er am nächsten Morgen lediglich mitteilen, Timm habe einmal aufgeschrien und danach eine Weile geschluchzt.

Bereits am Mittag haben Mohrdieck und Schütt Versmanns Bericht vor sich liegen:

Der Inculpant befleißigt sich einer Einfachheit im Ausdruck. Von einer Geistesstörung habe ich nichts bemerkt, und ich hege keinen Zweifel an seiner Zurechnungsfähigkeit. Er liest mit Festigkeit. Zu bemängeln sind aber seine lückenhaften Religionskenntnisse, da er nach seinem Schulaustritt sehr selten die Kirche besucht hat. Allerdings kennt er Bibelstellen, die nach meiner Erkenntniß völlig ausgereicht haben müßten, ihn von den Verbrechen fernzuhalten. Das Lügen ist ihm zur zweiten Natur geworden. Deshalb sind seine Äußerungen mit größter Vorsicht anzunehmen.

Bei Vorhaltungen seines Unrechts hat er nie trotzig oder in ungebührlicher Weise geantwortet. Statt dessen spricht er mit großer Bewegung seinen Schmerz über sein Verbrechen aus, bezeichnet sich selbst als Scheusal, welches nicht wert ist, von der Sonne beschienen zu werden. Er meidet Äußerungen, die den Anschein erwecken können, daß er im Verhalten seines Vaters und seiner Brüder gegen ihn eine Entschuldigung für seine Verbrechen suchen wolle. Und er klagt, daß sich nicht dieses oder jenes ereignete, das ihn an der Ausführung der Verbrechen gehindert habe.

Ich wage nicht zu entscheiden, ob er sich durch seine Antworten mit Blick auf sein zerstörtes Lebensglück einen Vorteil verschaffen will. Er hat mir aber versprochen, Ihnen von jetzt an die reine Wahrheit zu sagen.

„Immerhin ein Hoffnungsschimmer“, resümiert Mohrdieck den Bericht. „Vielleicht können wir schon in den nächsten Tagen den Fall Thode abschließen.“

„Ich habe mir vorgenommen, jetzt die reine Wahrheit zu sagen. Und bereue aufrichtig, bisher so viel gelogen zu haben.“ Timm sitzt den Ermittlern gegenüber, versucht seine Hände unter der Tischplatte zu halten, seitdem ihm die Handfesseln auch vor der Vernehmung nicht mehr abgenommen werden.

Mohrdieck bleibt misstrauisch. „Sie haben die Zeitung von heute gelesen?“ Aufmerksam fixiert er sein Gegenüber. „Sie können sich vorstellen, welche Auswirkungen die Meldung auf die Menschen draußen hat?“

Verstohlen schielt Timm nach den neben den Akten liegenden „Itzehoer Nachrichten“. Immer wieder hat er die offenbar bewusst unscheinbar gehaltene, auf der vorletzten Seite versteckte Nachricht über sein Geständnis gelesen, kennt den bürokratisch formulierten Text nahezu auswendig:

Die unheimliche Groß-Campener Mordgeschichte ist endlich aufgeklärt durch das Bekenntniß des einzigen Überlebenden der Thodeschen Familie, des Sohnes Timm Thode, daß er selbst der Mörder und Brandstifter sei. Er allein, ohne Gehülfen oder auch nur Mitwisser, hat seine Eltern, fünf Geschwister und das Dienstmädchen vermittels der gefundenen Axt erschlagen und darauf die Gebäude in Brand gesetzt. Der Inculpant hat über die Ausführung der That bereits sehr detaillirte Angaben beschafft, die sich aber nicht mitteilen lassen, weil sie noch offenbar mit Lügen durchwebt sind.

„Es ist Ihnen hoffentlich klar, dass Sie hiernach ...“, Mohrdieck zeigt auf die Zeitung, „draußen nicht mehr sicher wären. Sie sollten sich keinen Fragen mehr verschließen. Aber Sie haben sich ja vorgenommen, die reine Wahrheit zu sagen.“

Timm starrt eigensinnig auf seine Handfesseln. Schütt winkt Tietjens heran: „Nehmen Sie sie ab."

Noch während der Wächter die Fesseln löst, die Rötungen und Abschürfungen an den Handgelenken hinterlassen haben, hakt Schütt nach: „Also war die Beschuldigung der beiden Schlachter Ihre letzte Lüge?"

Timm nickt schuldbewusst. „Ich hab sie genannt, weil ich mich schämte, meine Taten allein zu gestehen."

„Und wie sind Sie ausgerechnet auf Hinrichsen und Bielenberg gekommen?"

„Sie sind Schlachter aus Profession. Da dachte ich mir: Die passen ins Bild. Ich hab nämlich niemals erwartet, dass sie noch in der Nacht zum Hof laufen und helfen würden."

Schneidend fährt Mohrdiecks Stimme dazwischen: „Sie haben vieles nicht erwartet. Auch nicht, dass Sie es jetzt mit uns zu tun haben. Und dass seit heute alle Welt weiß, dass Sie ein Mörder sind! Und ein Brandstifter!"

Schütt verzieht grämlich das Gesicht. Er spürt, dass das kaum zügelbare Temperament des Kollegen das Verhör gefährden, sogar abrupt beenden kann. Katastrophal, wenn der Thode jetzt bockt. Und spitzkriegt, wie dringend die Ermittler auf jede Einzelheit aus seinem Mund angewiesen sind.

Mohrdieck bemerkt die Verärgerung des Kollegen, beißt sich auf die Unterlippe. Verdammt. Jetzt aber ruhig Blut. Sonst können wir einpacken. Da nützt uns das Geständnis herzlich wenig. Aus den Augenwinkeln gibt er Schütt zu verstehen, fortzufahren.

Der greift das Wort ‚Brandstifter' auf: „Wenn Sie uns von nun an die reine Wahrheit sagen wollen, werden Sie auch gestehen, vor drei Jahren den Brand beim Müllermeister Lembke in Krummendieck gelegt zu haben."

Zu seinem Erstaunen nickt Timm schwerfällig. Und hebt sogleich die Hände: „Ich hab's sofort bereut. Hab versucht, das Feuer zu löschen. Und sämtliche Tiere gerettet."

„Ich weiß", entgegnet Schütt bitter, „Sie sind ein Tierfreund. Aber nun schildern Sie uns bitte den genauen zeitlichen Ablauf Ihrer Taten."

Timm ist schlagartig hellwach. Lässt sich nicht täuschen von der Beiläufigkeit, mit der der Herr Oberrat versucht, das bereits bröckelnde Lügengebäude vollends zum Einsturz zu bringen. Ihm den Strohhalm zu entreißen, an den er sich im Ertrinken klammert. „Es ist, wie ich gesagt hab. Ich habe Johann im Wagenschauer erschlagen. Und die Andern anschließend im Wohnhaus."

Schütt seufzt auf. Blickt Timm in die Augen. „Denken Sie an Ihr Versprechen. Und sagen Sie uns endlich, wie Sie es angestellt haben, dass die Männer sich nicht wehrten."

Timm schweigt.

Mohrdieck, der das Gespräch mit Spannung verfolgt hat, schlägt die Faust auf den Tisch. „Ihre Zeitangaben. Nichts stimmt daran. Absolut nichts!"

25

Wochen gehen ins Land. Monate. Die Ermittler versuchen, die Ergebnisse ihrer Nachforschungen auf den Punkt zu bringen. Mehrfach setzt Mohrdieck an, einen Abschlussbericht zu verfassen. Doch er zögert. Die Glückstädter würden nicht zufrieden sein. Handfeste Beweise würden sie fordern für die Alleintäterschaft eines Inculpanten, dessen Geständnis vermutlich nicht reichen wird für eine Anklage, weil es schlicht unglaubwürdig ist.

Ihn verdrießt, dass weder Handfesseln und kalte Kost noch üppige Mahlzeiten und Haftlockerungen den Thode veranlasst haben, eine schlüssige Antwort zu geben auf die Frage: „Wie, wo und in welchem Zeitraum haben Sie Ihre Familie umgebracht?"

Insgeheim befürchtet Mohrdieck: Wenn der Thode vor dem Untersuchungsrichter oder gar im Prozess sein Geständnis widerruft, etwa mit dem Hinweis, es sei ihm aufgezwungen worden, wird kein Gericht ihn verurteilen.

Schon gar nicht nach dem 1. September, wenn die preußische Rechtsprechung in Kraft tritt. Da wird es den Ermittlern wenig nützen, dass Timm sich vom bedauernswerten Opfer zum zerknirschten Täter gewandelt hat. Denn bislang hat er lediglich einen Massenmord eingestanden, den selbst drei mit Messern und Äxten bewaffnete Täter schwerlich bewältigt und kaum schadlos überstanden hätten.

Indessen wächst auch in der Bevölkerung der Druck auf die Ermittler. Die Menschen in der Marsch haben kein Verständnis für die zögerliche Haltung der Justiz. Schockiert und fassungslos haben sie von Timms Geständnis erfahren. Doch sie können und wollen nicht wahrhaben, dass einer der ihren, ein zwar fauler und nicht ganz ehrlicher, aber im Grunde harmloser Bauernsohn, sich von einem Tag auf den anderen in eine blutrünstige Bestie verwandeln konnte.

Das geht vielen über die Vorstellungskraft. Und schon bilden sich Legenden, für die in der rauen Marsch schon immer ein fruchtbarer Boden vorhanden war. Eine Verführerin muss her. Eine blonde Hexe, jung und schön, berechnend und skrupellos. Die hat den unreifen, im Umgang mit Frauen linkischen Trottel in ihre Arme gelockt und mit heißen Versprechungen zu den Untaten angestiftet. Schöne Augen hat sie ihm gemacht. Ihm Liedchen vorgeträllert, wie dereinst die Loreley den arglosen Rheinschiffern. Und Timm, gefangen im Netz der Verführerin, hat den Verstand verloren. Denn nur einer ohne Verstand erschlägt blindwütig die Seinen. Steckt sein Erbe, den Hof, in Brand. Rettet den wertvollen Schmuck der Mutter, um ihn der Angebeteten zu Füßen zu legen.

Mohrdieck lächelt säuerlich, als ihm Wachtmeister Ahrens und Wärter Tietjens von dem Schauermärchen berichten. Er denkt nicht daran, der Sache nachzugehen. Mehr als einmal hat er sich auf der Suche nach dem Tatmotiv nach Timms Verhältnis zu Frauen erkundigt. Und erfahren, dass dieser auf Dorfbällen zwar prahlerisch der einen oder anderen Schönen nachstellte, doch nie ernsthaft eine Liebschaft anstrebte.

Um sicherzugehen, erwähnt Schütt das Thema im nächsten Verhör, und Timm bekennt mit überraschender Offenheit, 1862 vier- oder fünfmal mit der Dienstmagd Elsabe Kock aus Hohenaspe „konkubiert“ zu haben, bevor sie sich seinem Bruder Johann zuwandte. Der schwängerte sie prompt, Vater Johann entließ sie und zahlte durch Vermittlung eines Itzehoer Notars eine Abfindung von 426 Talern.

Verschämt erzählt Timm auch, er habe einmal mit Jacob Schwarzkopfs Dienstmädchen Cäcilia Schlüter Unzucht getrieben, als der Nachbar mit Frau und Sohn den Itzehoer Ochsenmarkt besuchte.

Freimütig berichtet er aus der „Suder Zeit“ beim Bauernvogt Jess. Von Jacob Schwarzkopf mit reichlichem Taschengeld versorgt, habe er einige Male ein Itzehoer Bordell aufgesucht, sich aber mit keinem der Mädchen eingelassen. „Denn in dieser Beziehung habe ich keine Wünsche.“

Als aber Mohrdieck auf Abels Tod zu sprechen kommt und andeutet: „Bevor Sie das Dienstmädchen erschlugen, ist nichts passiert?“, reagiert Timm so empört, dass er in seine Umgangssprache wechselt: „Ik heff se doothaut. Un sunst nix!“

„Das ist es! Da müssen wir nachhaken!“ Aufgeregt tippt Mohrdieck mit dem Bleistift auf eine Seite der vor ihm liegenden Akte.

Schütt, der ihm gegenübersitzt und sich ebenfalls in Protokolle, Polizeiberichte und Notizen vertieft hat, hebt überrascht den Kopf. Schon ist Mohrdieck aufgestanden, das Schriftstück in der Hand. Er umrundet den großen Schreibtisch, schiebt einen Stuhl heran, setzt sich neben den Kollegen.

„Schaun Sie hier. Eine der ersten Zeugenvernehmungen: die Tenzer. Ihre Aussage hat dem Thode ein Jahr Aufschub gebracht."

Schütt rückt an seinem Kneifer, beugt sich über das von Rötger, Jacobsen und dem Gerichtsschreiber Poel unterzeichnete Aktenstück, liest aufmerksam das Protokoll der Vernehmung von Margarethe Tenzer. Und schlägt mit der flachen Hand aufs Papier. „In der Tat. Da liegt der Hund begraben."

In Mohrdiecks Erregung mischt sich eine Spur von Euphorie. „Damit kriegen wir ihn endlich beim Wickel. Wir sagen ihm auf den Kopf zu, was bereits am Nachmittag geschehen ist: Die Ermordung der ersten drei Opfer. Dann ist seine Lüge, er habe alle im Bett umgebracht, geplatzt."

Als traue er seinen Augen nicht, überfliegt Schütt noch einmal die entscheidenden Passagen der ein Jahr zurückliegenden Vernehmung. „Die Sache ist klar. Die Näherin hat Feierabend gemacht. Will sich in der Küche verabschieden. Annas Einladung zum Abendessen lehnt sie ab, weil sie noch eine Verabredung hat. Fragt aber nach den hungrigen Mäulern, womit sie zweifellos die Brüder meint."

„Und nun kommt's!" Mohrdieck fährt mit dem Zeigefinger unter den Zeilen entlang: Sie waren bei den Schafen. Wie fast jeden Tag nach der Arbeit auf dem Hof. Und Reimer haben sie mitgenommen.

„Eine leichte Unklarheit in der Vernehmung“, stellt Schütt fest. „Es ist nicht eindeutig ersichtlich, ob diese enorm wichtige Feststellung von Anna stammt. Ob es sich nur um eine Vermutung handelt oder eine Aussage von Timm, der gleich darauf die Küche betritt.“

„Stimmt“, bestätigt Mohrdieck. „Aber mit einiger Sicherheit ist es Annas Antwort auf die Frage nach den hungrigen Mäulern.“

„Und was ist mit Timm?“ Schütt wird nicht bewusst, erstmals den Thode mit Vornamen genannt zu haben. „Was sollte der bei den Schafen? Er war ausgeschlossen vom lukrativen Nebenverdienst der Brüder. Also begiebt er sich in die Küche und begleitet die Näherin zum Hoftor. Nicht, weil er ein Kavalier ist, sondern, weil das Tor auf Anordnung des Vaters täglich um neunzehn Uhr geschlossen werden muss.“

„Soweit folge ich Ihnen. Aber nun wird's problematisch. Timm kommt zurück. Setzt sich mit Anna und dem Dienstmädchen an den Tisch zum Abendessen. Anna wird zusehens unruhig. Wo bleiben die Brüder? Aber sie erscheinen auch in den nächsten beiden Stunden nicht, die bis zur Ankunft der Eltern und Johanns vergehen. Wie erklärt er der Schwester ihre Abwesenheit?“

Mohrdieck lässt sich nicht beirren. „Er wird sie beruhigt haben. Mit einer Lüge: Die sind ins Dorf gegangen. Ins Wirtshaus.“

„Ins Wirtshaus? Zur Abendbrotzeit? Mit Reimer, dem Vierzehnjährigen? Bedenken Sie: Auf dem Thode-Hof herrschte, was den Arbeitsablauf und die Mahlzeiten anging, eiserne Disziplin. Das wissen wir von Zeugen."

„Dann hat er sich etwas anderes ausgedacht. Im Lügen ist er schließlich Weltmeister." Mohrdieck lehnt sich zurück. „Wir werden ihn löchern, bis auch diese Frage geklärt ist."

„Er wird auf der Hut sein", gibt Schütt zu bedenken, „sich krampfhaft an seine letzte Chance klammern."

Mohrdieck blickt versonnen ins Leere. Klopft leise mit der geballten Linken auf den Tisch. „Diesmal kriegen wir ihn. Konfrontieren ihn mit der Aussage der Tenzer. Stellen ihn vor vollendete Tatsachen. Vielleicht wird er endlich zusammenbrechen. Und alles gestehen. Alles."

„Schau'n Sie, was ich gefunden habe!" Triumphierend hält Schütt eine Flasche in der Hand, die er im Eichenschrank des Bureaus entdeckt hat. „Ein Armagnac Jahrgang 1841."

„Wahrscheinlich aus einem Schnapsmuseum", stellt Mohrdieck trocken fest. „Die müssen Rötger und Jacobsen übersehen oder vergessen haben."

Schütt eilt ins Sekretariat, kommt mit zwei Gläsern zurück, gießt sie halbvoll und prostet dem Kollegen zu: „Auf den Erfolg!"

Mohrdieck, dem schon ein Glas Wein eine Sünde wider Geist und Körper ist, greift zum Glas, erhebt sich mit theatralischer Feierlichkeit: „Auf den Durchbruch!"

Auch ein zweites Glas weist er nicht zurück, obgleich ihm schon der erste Schluck fast den Atem raubte. Doch als Schütt abermals zur Flasche greift, hebt er abwehrend die Hände: „Zweifellos ein guter Tropfen. Aber ich möchte nicht wegen Dienstvergehens die Zelle neben dem Thode beziehen müssen."

„Aller guten Dinge sind drei", rechtfertigt sich der Senior, bedient sich und zieht genüsslich an seiner Virginia. „Sie hatten Recht, lieber Mohrdieck. Die Tenzer. Ihre Aussage hat dem Thode tatsächlich ein Jahr Aufschub gebracht."

Mohrdieck nickt versonnen. „Dabei hat das Mädchen nicht einmal gelogen. Warum sollte sie auch? Und er muss gespürt haben, dass wir ihren Angaben unbesehen glauben."

Schütt überfliegt das Protokoll der heutigen Vernehmung, sein Blick verharrt auf dem letzten Absatz.

Inculpant: Ich habe die Leichen ins Bett geschleppt, damit die Leute umso weniger glauben, dass nur ein Mann die Tat vollbracht hat. Wenn alle im Bett gelegen hätten, wäre es für einen Mann unmöglich, einen zu erschlagen, ohne dass die andern es merken.

Zunächst sah es nicht so aus, als würden die Ermittler heute den größten Erfolg ihrer bisherigen Arbeit erringen. Timm, zermürbt vom viertägigen ununterbrochenen Aufenthalt in der Zelle, gab sich mürrisch und wortkarg. Doch Schütts behutsames Fragen lockte ihn nach und nach aus der Reserve.

Schütt: „Haben Sie sich mit Fräulein Tenzer unterhalten, als Sie sie zum Hoftor begleiteten?"

Timm: „Nein. Sie sagte nur: ‚De Jungs mööt sik ranholn, wenn se noch to Abend eeten wöllt.'"

Schütt. „Sie kamen aber nicht. Hat Anna das nicht verwundert?"

Timm: „Doch. Sie guckte andauernd zur Tür. Schimpfte sogar: ‚Eben is Vadder ut' Huus, denn fangt se an to bummeln'. Ja, und da hab' ich das mit den Ochsen gesagt."

Mohrdieck wird hellhörig. „Mit den Ochsen? Was war mit denen? Ausgebrochen?"

Timm nickt eifrig. „So hab' ich's gesagt. Und dass sie im Weizen sind."

Schütt: „Und Anna hat nicht gefragt, warum Sie nicht mitgegangen sind?"

Timm lächelt überlegen: „Hat sie nicht. Und wenn, dann hätte ich gesagt: ‚Dat sünd bloots dree Ossen. Datt schafft se alleen.'"

Mohrdieck erkennt seine Chance. Die Bekennerphase nutzen. Schritt für Schritt möglichst viel aus dem Burschen herausholen. „Ihre Eltern kamen etwa viertel nach neun und begaben sich sofort ins Schlafzimmer. Sie gingen hinaus und erschlugen Johann beim Ausspannen. Aber der Vater. Wie haben Sie den überwältigt?"

Wieder huscht ein Lächeln über Timms Gesicht. „Das mit den Ochsen. Das hab ich ihm auch gesagt."

Mohrdieck heuchelt Anerkennung: „Ein schlau überlegter Trick. Und der klappte auf Anhieb?"

Timm nickt stolz. Und plaudert drauflos, als hätte sich eine unsichtbare Tür geöffnet. Berichtet, wie der Vater verärgert aus dem Haus kam und mit den Worten: „Denn mutt ik wull mit" voranging. Wie er ihm folgte, die Handspake unter einem Brett versteckt, und ihn auf dem Weg zum Weizenfeld erschlug.

Ungerührt beschreibt er das Blutbad bei der Ermordung Annas, ihre verzweifelte Gegenwehr. Schildert, wie die Mutter um ihr Leben flehte und wie er Abel in ihrem Bett das Gesicht zertrümmerte.

„Genug für heute", stöhnt Mohrdieck. Und wischt, nachdem Tietjens und Ahrens Timm abgeführt haben, den Schweiß aus Stirn und Gesicht: „Die furchtbarste Aussage, die ich je gehört habe."

Zugleich wird ihm bewusst, dass der Thode endlich alle Zweifel an seiner Alleintäterschaft beseitigt hat. Ist der Erfolg der gestrigen Vernehmung ein Grund zum Feiern? Eigentlich nicht. Oder doch? Da nimmt Schütts Fund im Eichenschrank ihm die Entscheidung ab.

26

Zwei Monate sind vergangen, seitdem die Obergerichtsräte Mohrdieck und Schütt auf Anordnung des Glückstädter Obergerichts einen zweiten Anlauf in der Ermittlung des Verbrechens auf dem Thode-Hof genommen haben. Mit eindrucksvollem Erfolg. Noch aber zögert Mohrdieck, den Abschlussbericht zu verfassen. Er will einen wasserdichten Report abliefern, der keine Fragen offen lässt und der Staatsanwaltschaft lästige Nachfragen erspart. Und so wird Timm weiterhin vernommen.

An manchen Tagen macht er den Eindruck eines Verlierers, dem sein Schicksal gleichgültig ist. Dann wieder gibt er ausweichende Antworten, versteckt sich hinter Erinnerungslücken oder ist einsilbig und verstockt.

Erkennt er Mohrdiecks Zielstrebigkeit, weitere Mordmerkmale zu sammeln, obgleich Habgier und Heimtücke erwiesen sind und ausreichen für einen Schuldspruch? Es scheint so, denn mit Entschiedenheit bestreitet er, das langstielige, vom Vater zum Knochenzerlegen benutzte Beil, mit dem er Anna, die Mutter und die Dienstmagd Abel umbrachte, vorher geschärft und somit das Verbrechen geplant und vorbereitet zu haben.

„Ich habe mit ziemlicher Gleichgültigkeit alles dem Zufall überlassen“, versucht Timm den Tatvorsatz zu enthärten. Dann wieder schildert er in gleichmütigem Ton schaurige Einzelheiten. Wie Cornils, der 19-Jährige, beinahe „entwischt“ wäre, als er die Handspake in Timms Händen bemerkte. Der erste Schlag traf ihn seitlich an Kopf und Schulter, und der Drittälteste der Thode-Söhne flüchtete in den hinteren, türlosen Bereich der Scheune. Dort standen sich Opfer und Mörder gegenüber, Cornils mit schreckgeweiteten Augen, Timm mit eiskalter Entschlossenheit.

„Cornils hätte aus der Scheune fliehen können. Aber er lief in die falsche Richtung. Ich holte ihn ein, und nach vier oder fünf Schlägen war er tot“, gibt Timm ungerührt zu Protokoll. Und auf Schütts Frage: „Und dann haben Sie ihn unter Stroh versteckt?“ fügt er hinzu: „Ja. Aber vorher hab ich seine Taschen geplündert und ihm zehn Taler abgenommen.“

Die Ermittler ersparen sich auch nicht, weitere Details über Annas schreckliches Ende zu hinterfragen und erfahren schaudernd, wie die 17-Jährige sich wehrte, wie sie um ihr Leben bettelte Und schließlich nach etlichen Beilschlägen und Messerstichen zusammenbrach und starb.

„Warum legten Sie zunächst das Feuer im Wohnbereich, wo doch im Wirtschaftsteil des Hauses große Mengen Heu und Stroh lagerten?“, fragt Schütt.

Timm erzählt, dass auf dem Dachboden, unmittelbar über Küche und Wohnzimmer, an die 20 000 Soden Torf gestapelt waren, deren Brand alles in Schutt und Asche verwandelt und keine Spuren hinterlassen hätte. Zähneknirschend resümiert er: „Wenn ich auch nur ein oder zwei Fenster geöffnet hätte, würde ich nicht hier sitzen.“

Mohrdieck wütend: „Sie irren, Thode. Sie säßen hier. Wir hätten es rausgekriegt. Darauf können Sie sich verlassen.“

Nur einmal bemerken die Ermittler bei Timm einen Anflug von Reue, als er sich am Ende des Verhörs, bereits in Handfesseln, umdreht und mit leiser Stimme sagt: „Ich bin mehr und mehr entsetzt von der Größe meines Verbrechens.“

Endlich entschließt sich Mohrdieck, seinen Bericht zu schreiben. Übergibt ihn samt den Akten dem Obergericht. Und muss mit mühsam unterdrücktem Zorn feststellen, dass der Fall Thode für zwei Monate auf Eis gelegt wird.

Die Glückstädter erachten es als unmöglich, bis zum Auslaufen des alten Rechtszustandes und gleichzeitiger Schließung des Obergerichts die richterliche Voruntersuchung, die Anklage und das Gerichtsverfahren durchzuziehen.

Erst als am 1. September 1867 durch die Neuordnung der in Jahrhunderten unter dänischer Herrschaft gewachsenen Gerichtsstrukturen in Itzehoe ein überregionales Kreisgericht für ein Gebiet von 180 000 Menschen gegründet wird, befasst sich die Justiz wieder eingehend mit Timms Verbrechen.

27

Heinrich Rave ist ein pflichtbewusster Mann. Einer, der sich nicht mit Halbheiten zufrieden gibt. Und nicht auf die Uhr schaut, wenn es gilt, eine Aufgabe zu erledigen. Dass er zu den sieben Richtern gehört, die an das neu eingerichtete Kreisgericht in Itzehoe berufen wurden, erfüllt ihn mit Stolz. Auch freut es ihn, dass sein Kollege Johannes Witt, der Leiter des inzwischen aufgelösten Glückstädter Obergerichts, zum Direktor des Kreisgerichts ernannt wurde.

Dass aber der neue Kreisgerichts-Direktor ausgerechnet ihn, Rave, als Untersuchungsrichter für den

Fall Thode eingesetzt hat, ist ihm unbehaglich. Ein Blick in die Akten genügt, die Last zu spüren, die auf seine Schultern gewälzt wurde. Was ist, wenn der Thode sein Geständnis widerruft, sich auf Zermürbung durch Isolierhaft oder Fallstricke der Ermittler beruft? Ihm gar die Räubergeschichte auftischt, mit der er schon die erste Commission so überzeugend getäuscht hat?

Zuckerbrot oder Peitsche? Nichts von beidem, beschließt der Untersuchungsrichter. Mit gnadenloser Höflichkeit dem Thode die Aussichtslosigkeit erneuter Lügen klarmachen. Und ihn am Schluss dazu bringen, das Protokoll zu unterschreiben.

Das Unbehagen bleibt. Doch es sind bis zum 2. Oktober, dem Tag der richterlichen Untersuchung, noch drei Wochen hin. Zeit genug, sich durch intensives Aktenstudium vorzubereiten.

Mit Schaudern liest der Kreisrichter die penibel ausgeführten Obduktionsberichte der Kreis-Physici Dr. Goetze und Dr. Tagg und der Ärzte Dr. Dreessen und Dr. Mencke. Er entdeckt eine weitgehende Übereinstimmung der bei den Opfern festgestellten Verletzungen mit Timms Schilderung seiner Verbrechen. Respektvoll registriert er die geschickten Fragen der Ermittler an die Zeugen und die Gründlichkeit, mit der bereits die erste Commission Timms Lebenslauf und sein Umfeld erforscht hat. Kopfschüttelnd verfolgt er die landesweite Jagd auf eine Räuberbande, die Timms Fantasie entsprungen ist. Ihn beeindruckt Jakob Schwarzkopfs Hilfsbereitschaft, und es drängt ihn, den Mann kennen zu lernen, dessen Zuneigung und Fürsorge gegenüber dem Inculpanten offenbar unerschütterlich ist.

Schon am nächsten Tag lässt er anspannen und sucht ihn auf. Jakob Schwarzkopf begrüßt den Herrn Kreisgerichtsrat mit der ihm eigenen jovialen Herzlichkeit. Hanne zaubert (woher bloß so schnell?) einen köstlichen Pflaumenkuchen auf die festlich gedeckte Kaffeetafel in der Gooden Stuuv. Und zur Abrundung kredenzt der alte Bauer einen exquisiten Cognac.

Man plaudert über das milde Herbstwetter, die gute Ernte. Dennoch entgeht dem Gast nicht, dass im Hause Schwarzkopf eine mühsam unterdrückte Traurigkeit herrscht. Es widerstrebt ihm, mit Fragen Salz in kaum verheilte Wunden zu streuen. Weiß er doch aus Protokollen und Gesprächen mit den Ermittlern, wie schwer die Schwarzkopfs unter der Tragödie der Nachbarfamilie gelitten haben und bis heute leiden.

Hanne nimmt ihm die Entscheidung ab: „Wir fühlen uns schrecklich allein, seit unser Junge weg ist."

Und Rave erfährt, dass Johannes als einjährig Freiwilliger beim Preußischen Grenadier-Regiment Nr. 11 in Altona dient. Und dass Jakob Schwarzkopf einen weiteren Knecht eingestellt hat, doch ohne den zupackenden Sohn und Erben die Arbeit auf dem Hof vernachlässigt wird.

„Ich habe sofort eingewilligt, als er sich melden wollte", erzählt der alte Bauer, „obgleich ich ihn nicht entbehren kann. Aber ich weiß, wie er leidet. Er braucht die totale Veränderung. Weg vom Anblick der Brandruine. Weg von Groß Campen."

Die Offenheit, mit der Jakob Schwarzkopf von Johannes berichtet, ermutigt den Kreisrichter, nach Timm zu fragen.

„Ich würde ihn besuchen. Sofort." Das Gesicht des Bauern verhärtet sich. „Aber es gibt auch für mich keine Besuchserlaubnis, seitdem das Kreisgericht die Betreuung des Nachlasses selbst übernommen hat. Besuchen darf ihn nur Propst Versmann. Und, soviel ich weiß, Sie."

Rave räuspert sich verlegen. „Stimmt. Ich gedenke, die Gelegenheit nicht zu nutzen. Aber ich werde versuchen, für Sie einen Besuch zu arrangieren."

Beide Männer ahnen nicht, dass Timm bereits vor Wochen einen Antrag an das damals noch zuständige Obergericht in Glückstadt gestellt hat:

Ich bitte, daß es mir gestattet werden möge, den Verwalter des Thodeschen Vermögens, den Hofbesitzer Jakob Schwarzkopf zu Groß Campen, sprechen zu dürfen, um ihm noch einige Wünsche mitzutheilen zur Regulierung solcher Schäden, die ich durch meine Schlechtigkeit angestiftet habe, soweit solches möglich sein möge.

Der Antrag wurde abgelehnt.

Timm schaut verschlafen auf seine Taschenuhr, die er an einen Nagel an der Bettwand gehängt hat. 7 Uhr. Zeit zum Aufstehen. Er bittet Tietjens, der ihm ein Frühstück mit Rührei, Schinken, Speck, Käse und

Honig bringt (der Inculpants kann's ja bezahlen), ihm das anthrazitfarbene Jackett mit den schwarzen Samtaufschlägen zu holen, das er seit seiner Verhaftung nicht mehr getragen hat. Gründlich wäscht und sorgfältig rasiert er sich in der vorgeschriebenen Anwesenheit des Wächters.

„Warum so ein Aufwand?“, fragt Tietjens.

Timm hält inne beim Rasieren: „Zweiter Oktober. Jetzt wird's richtig ernst.“

„Der Rave soll ganz umgänglich sein“.

Timm überhört Tietjens Versuch, ihn zu ermutigen. Ihm ist mit der Klarsicht des am Abgrund Stehenden bewusst, dass dieser 2. Oktober des Jahres 1867 der Beginn des letzten Aktes seines Lebensdramas sein wird. Und er ist entschlossen, sich der Ausweglosigkeit keinen Tag länger in den Weg zu stellen.

Inculpant Timm Thode in Hand- und Fußfesseln vorgeführt notiert Büroassistent Jan Meindermann, der dem Untersuchungsrichter als Prokollführer zugeordnet ist. Ein schmaler junger Mann, der die Akten nicht kennt und nicht ahnt, was in den nächsten Stunden auf ihn zukommt.

Heinrich Rave hat sich vorgenommen, sich mit eher belanglosen Fragen zum Kern der Untersuchung vorzutasten und eine Art Vertrauen aufzubauen, sofern das bei der offenbar undurchschaubaren Persönlichkeit den Inculpanten möglich ist.

Erstaunt stellt er fest, dass sein Gegenüber einen gepflegten, soliden und zugleich schüchternen Eindruck macht (oder zu machen versucht?). Noch mehr überrascht ihn die Offenheit, mit der Timm sich den Fragen nach seiner Kindheit und Jugend, seinem Verhältnis zu Eltern und Geschwistern stellt, von Diebereien berichtet und von seiner Unlust auf die schwere Landarbeit.

Schon in seiner Schulzeit sei er durch schlechte Lektüre verdorben worden, durch Räubergeschichten und Orgellieder. Das bringt den Untersuchungsrichter zu mühsam unterdrücktem Schmunzeln. Ebenso, als der Inculpant von seinem ungewöhnlichen Interesse an den Mordtaten des Perulino Perio erzählt und dass er während der Dienstzeit bei einem Pinneberger Landwirt mehrfach mit einem Kollegen nach Hamburg fuhr, wo er vergeblich versuchte, ein Foto des Spaniers aufzutreiben.

Timm wird nicht müde, kleine Vergehen aufzuzählen, die er den Ermittlern verschwiegen hat. Dass er seinem Bruder Johann einmal einen Iltis stahl und verkaufte. Dass er mehrfach Prügel bezog, nachdem er dem Vater mal 40, mal 50 Taler aus der Kassette entwendet und das Geld bei Tanz und Kartenspiel verjubelt hatte.

Erleichtert stellt Rave fest, wie unerwartet reibungslos die richterliche Untersuchung vonstatten geht. Doch gleichzeitig warnt ihn eine innere Stimme vor Timms rückhaltloser Selbstbezichtigung. Übertreibt der Thode, um unglaubwürdig zu wirken?

„Und niemals haben Sie Ihre Handlungen bereut?“, fragt er und lenkt das Gespräch auf den Mühlenbrand in Krummendiek.

Timm blickt auf seine großen, harten Hände. „Die Diebstähle und auch die Brandstiftung beim Müller Lembke haben mich wenig bedrückt, aber die unmenschliche Ermordung meiner Eltern und Geschwister drückte mich schon, ehe ich als Täter entdeckt war."

Damit gibt er das Stichwort für den Kernpunkt der Untersuchung. Rave, der sich wochenlang durch den Aktenberg gequält hat und des Öfteren mit Übelkeit kämpfen musste, erblasst, als Timm, keine Einzelheit übergehend, seine Mordtaten schildert. Und er nimmt verwundert wahr, dass bei aller Akribie, mit der Mohrdieck und Schütt die Vernehmungen durchgeführt haben, immer wieder Neues, Unfassbares ans Licht kommt.

So erfährt er, dass die Ermordung des Vaters erst beim zweiten Versuch gelang. Dass Timm zunächst ein Pferd von der Weide holte und den Alten aus dem Haus lockte mit dem Hinweis, „Hartmut" sei vom Wallach getreten und verletzt worden. Während der Vater das Pferd untersuchte, ergriff Timm die Handspake. Als er zum Schlag ausholen wollte, erschien Anna, die Pferdenärrin. Sie klopfte den Hals des Vierjährigen, während Johann Thode ärgerlich brummte: „Den fehlt nix. Bring em wedder op de Koppel."

Als Timm minutiös den Tod der Mutter und der Schwester Anna beschreibt, fällt Meindermann der Federhalter aus der Hand. Kreidebleich wankt der Protokollführer aus dem Raum. Und Rave ordnet an: „Eine halbe Stunde Pause!"

„Sie fühlen sich geistig und körperlich in der Lage, der Untersuchung weiterhin zu folgen?“ Der Kreisrichter putzt umständlich seinen Zwicker, fixiert den Inculpanten, stellt keine Ermüdungserscheinungen fest.

„Ich habe Hunger“, antwortet Timm mit rauer, belegter Stimme.

Mit unwirscher Handbewegung wischt Rave den Einspruch vom Tisch: „Wir auch.“

Er muss sich eingestehen, dass dieses eine Lüge ist. Keinen Bissen hat er angerührt von den leckeren Häppchen, die das Dienstmädchen ihm mit auf den Weg gegeben hat. Vergeblich bot er sie Meindermann an, der ebenfalls keinen Appetit verspürte.

Soll er nachgeben? Dem Häftling eine erholsame Pause und ein kräftigendes Mahl aus Annelene Tietjens‘ vorzüglicher Küche gewähren? Er schielt zum Protokollführer hinüber, der mit dem Federhalter in der Rechten abwartend am Schreibpult steht. „Wir machen weiter“, beschließt er, hoffend, dass Timms Bekennerdrang anhält und die auf zwei Tage angesetzte richterliche Untersuchung noch heute abgeschlossen werden kann.

„Kommen wir zu Ihrem Bruder Johann. Es wurden bei der Obduktion Verletzungen festgestellt, die von verschiedenen Werkzeugen herrührten.“

Timm spürt einen Kloß im Hals. Schon den Ermittlern gegenüber erging es ihm ähnlich, wenn die Szene im Wagenschauer zur Sprache kam, der einzige Moment, in dem er um ein Haar die Fassung verloren hätte und blindlings davongerannt wäre. Er räuspert sich, versucht in möglichst gleichgültigem Ton zu reden: „Ich sah, dass er sich noch rührte. Nach fast drei Stunden. Da habe ich ihm einige Hammerschläge versetzt, damit er sich nicht weiter quälen musste. Aber weglaufen konnte er nicht mehr."

„Warum schleppten Sie den Toten nicht in seine Kammer, so, wie sie es mit den anderen gemacht haben? Oder in die Scheune, wo er bis zur Unkenntlichkeit verbrannt wäre?"

Timm hat das Gefühl, der Hals werde ihm zugeschnürt. „Ich hatte keine Kraft mehr. Johann wog mehr als zwei Zentner. Und ich hab gedacht, wenn die Scheune erst mal brennt, dann greifen die Flammen über."

„Da haben Sie sich verrechnet", stellt Rave kühl fest, „die Remise wurde nur teilweise beschädigt, das Blechdach hielt einen Teil der Flammen zurück. Deshalb fanden die Helfer Johann und stellten fest, dass er erschlagen wurde wie die anderen Opfer. Und was Ihre Kraft angeht: Ihren Vater, der mindestens genauso schwer war, beförderten Sie im Laufschritt mit der Schubkarre zur Scheune und schleppten ihn später ins Haus."

„Aber bei Johann, da war das anders." Timm wischt sich mit dem Unterarm den Schweiß von der Stirn. „Als er sich bewegte, wo ich doch glaubte, er wäre tot, da kam ich in Panik."

„In Panik?" Auf Raves Stirn schwellen die Adern. „Als Sie Johann mit einem Hammer die endgültig tödlichen Schläge versetzten? Dann seine Leiche fledderten wie die Ihres Vaters und der anderen Brüder, nur um auch den letzten Taler zu erhaschen?“

„Ich, ich wusste nicht mehr, was ich tat. Ich war von Sinnen. Ich ...“

Rave blickt den Inculpanten mit harten, gnadenlosen Augen an. „Sie haben weder in rasendem Zorn gehandelt, noch in kopfloser Panik. Sondern mit berechnender Überlegung. Und ohne jegliches Mitleid!“

Timm schlägt die Hände vors Gesicht. „Nicht zuletzt. Nicht, als Johann sich bewegte und ich ihm den Rest gab. Da bin ich fast durchgedreht. Bitte, glauben Sie mir wenigstens das. Ich wär um ein Haar weggelaufen. Weg von allem.“ Schwer sinkt sein Kopf auf die auf dem Tisch verschränkten Arme.

Rave lehnt sich zurück. Betrachtet unbewegt den schluchzenden Gefangenen. „Wache!“

Tietjens, der in der Vorhalle die Tür zum Vernehmungszimmer bewacht hat, während Ahrens die Fensterfront sicherte, stürzt herein: „Herr Obergerichtsrat?“

Rave weist mit müder Handbewegung auf Timm: „Nehmen Sie ihn mit. Es reicht für heute.“

Rudolf Tietjens tippt Timm vorsichtig auf die Schulter: „Kumm, mien Jung. Kumm.“

„Das wäre geschafft.“ Erleichtert lehnt sich Heinrich Rave in dem Bürosessel zurück, zieht genüsslich an seinem Zigarillo. Er schaut auf die große Standuhr. „Zwölf Uhr dreißig.“

Ganze zweieinhalb Stunden hat es gebraucht, den zweiten Tag der richterlichen Untersuchung abzuschließen. Timm gab sich sichtlich Mühe, alle Fragen und Vorhalte des Kreisrichters ohne Umschweife zu beantworten. Präzise schilderte er die Brandlegung in der Scheune und an verschiedenen Orten des Hauptgebäudes, sein gründliches Bad in der Waschbalge, die Flucht vom brennenden Hof, die Vortäuschung seiner Ohnmacht im Hause Schwarzkopf. Ohne Zögern setzte er schwungvoll in lateinischer Schrift seinen Namen unter das in Sütterlin geschriebene Protokoll, das er nur auf Geheiß des Richters flüchtig gelesen hatte.

„Setzen Sie sich doch einen Augenblick zu mir“, fordert Rave den Büroassistenten auf, der unschlüssig am Schreibpult verharrt. Als er sich anschickt, an dem wuchtigen Schreibtisch Platz zu nehmen, hebt Rave die linke Hand: „Halt. Ich habe eine Idee. Holen Sie zwei Gläser.“

Während sich Meindermann ins anliegende Sekretariat begiebt, stellt Rave die halbvolle Flasche mit dem Armagnac auf den Tisch. Mohrdieck hat ihm empfohlen: „Genießen Sie ihn erst, wenn der Thode das Untersuchungsprotokoll unterschrieben hat.“

„Wir haben uns den verdient“, prostet er dem leicht verwirrt dreinschauenden Assistenten zu. „Besonders Sie.“

Zögernd nippt Meindermann an seinem Glas. „Ich habe Ähnliches wie heute noch nie erlebt.“

Rave nickt verständnisvoll: „Ich weiß. Sie sind mental durch die Hölle gegangen. Ich hatte es weniger schwer. Kannte die Akten. Wusste, was auf uns zukommen würde." Er greift zur Flasche. „Noch einen?"

„Nein danke." Aber, wenn ich mir eine Frage erlauben darf?"

„Nur zu."

„Die Sache mit Johann, dem Bruder. Sie geht mir nicht aus dem Kopf. Der einzige Moment, in dem Thode in Panik geriet. Davonrennen wollte. Haben Sie ihm geglaubt?"

Nachdenklich blickt Rave den Rauchkringeln nach. „Ich habe ihm geglaubt. Warum sollte er lügen, nachdem er bis dahin alles eingestanden hatte?"

„Aber ..."

„Ich weiß, meine Reaktion. Ich sage Ihnen, lieber Meindermann, es war keine plötzliche Erkenntnis seines Verbrechens. Kein Mitleid. Und schon gar keine Reue. Eher ein mystisches Erschrecken, als der Totgeglaubte Lebenszeichen von sich gab. Möglicherweise auch nur ein Schwächeanfall nach ungeheurer Anstrengung unter dem ständigen Druck der Angst vor Entdeckung. Sie wissen, der Zustand hielt nicht lange an. Er vollendete den Mord an Johann. Handelte weiterhin zielgerichtet bis hin zur Flucht zur Nachbarfamilie."

„Aber er ließ Johanns Leichnam liegen. Vergaß, die Fenster des Wohnhauses zu öffnen", wendet Meindermann zaghaft ein. „Spricht das nicht für Panik und Verwirrung?"

Rave schüttelt energisch den Kopf. „Ein Fehler, das mit den Fenstern. Eine Unbesonnenheit. Stellen Sie sich vor, Verbrecher würden keine Fehler begehen. Dann stünden wir schlecht da."

„Und Johann ..."

„Johann war ein weiterer Fehler. Selbst wenn von den Toten im Haus nur Asche übriggeblieben wäre, und welches Schauermärchen ihm auch immer eingefallen wäre, Johanns Leiche hätte den Weg zum Täter gewiesen. Rötger und Jacobsen befanden sich keineswegs auf dem Holzweg, als sie der Räuberlüge nachgingen. Aber die hätten sie dem Thode niemals abgenommen, wenn nur Johann als Mordopfer entdeckt worden wäre. Das änderte sich ja schlagartig bei Antritt der zweiten Commission."

Rave seufzt zufrieden: „Seitdem stimmt die Richtung. Was jetzt noch kommt, ist mehr oder weniger nur noch Routine."

28

Langsam mahlen die Mühlen der Justiz, langsamer noch die des Königlichen Kreisgerichts zu Itzehoe, das sich nun, kaum etabliert, unter veränderten Rechtsverhältnissen mit einem einzigartigen Kaptialverbrechen beschäftigen muss. Dazu noch unter dem Druck der Öffentlichkeit, die, unvollkommen informiert durch spärliche Zeitungsberichte, auf endliche Erledigung des Falles Thode drängt.

Derweil treiben auf Jahrmärkten und anderen Volksbelustigungen Gaukler mit Entsetzen Scherz. Verkünden mit grollender Stimme die „erschröcklichen Thaten eines vom Satan gedungenen Meuchelmörders“, während Assistentinnen mit dem Zeigestock auf bluttriefende Kitschgemälde weisen. Moritatensänger reimen holprige Verse über die schauerliche Wandlung eines braven Bauernsohns zum mordenden Ungeheuer, verführt durch den Zaubertrank dreier Hexen in Jungfrauengestalt.

Die Obrigkeit hält sich angesichts solcher Auswüchse zurück. Nur einmal greift der Oberstaatsanwalt Giehlow ein, als er erfährt, dass in Hamburg ein selbsternannter Gelehrter der Phremologie namens Bossard gegen Eintrittsgeld öffentliche Vorlesungen hält über Timm Thodes Schädel, den er im Gefängnis untersucht und vermessen haben will. In einem Schreiben an die Hamburger Polizei bezeichnet der ranghöchste Ankläger der Provinz Bossard als einen Mann der höchst zweifelhaften Wissenschaftlichkeit und ordnet an, ihm weitere Auftritte zu verwehren.

Am 18. November 1867 formuliert der Itzehoer Staatsanwalt Braun anhand des richterlichen Untersuchungsberichtes die Anklage und übergibt sie der Anklagekammer des Königlichen Appellationsgerichts Kiel. Oberstaatsanwalt Giehlow genehmigt das umfangreiche Schriftstück ohne Abstrich oder Änderung und sendet es schließlich am 7. Januar mit einer formellen Anklage gegen Timm Thode wegen achtfachen Mordes sowie Brandstiftung zurück. Zugleich verweist er alle weiteren Maßnahmen an das Itzehoer Schwurgericht mit Staatsanwalt Braun als Ankläger.

Da kommt Hektik auf im Königlichen Kreisgericht, denn Giehlow fordert unmissverständlich, der Prozess müsse noch im Januar beginnen und möglichst abgeschlossen werden. Zur Bildung einer Schwurgerichtskammer empfiehlt er den erfahrenen Appellations-Gerichtsrat Krah, die vier Beisitzer mögen die Itzehoer Richter aus ihren Reihen wählen, desgleichen einen Pflichtverteidiger beiordnen. Umgehend tritt das Richterkollegium zusammen und setzt den Prozessbeginn auf den 31. Januar fest.

Es ergeht durch persönliche Postzustellung die Ladung von 17 Zeugen, darunter Jakob Schwarzkopf, die Verwandten des Angeklagten, der Müller Lembke aus Krummendieck, die Ärzte Dreessen, Mencke, Goetze und Tagg. Und die Ermittler Rötger, Jacobsen, Mohrdieck und Schütt.

Aus 29 von Behörden und Gemeindeämtern vorgeschlagenen Geschworenen wählt das Gericht nach sorgfältiger Prüfung des Standes, des Leumunds und der Ehrenhaftigkeit zwölf: Hofbesitzer, Kaufleute, Gutspächter, zwei Gastwirte, einen Bäcker, einen Apotheker, einen Gärtner. Sie werden eidesstattlich verpflichtet zur unparteiischen und nur der Gerechtigkeit dienenden Findung der Schuld oder Unschuld des Inculpanten.

Kopfzerbrechen bereitet dem Gericht die Standortfrage. Das neue Domizil, eine klassizistische Stadtvilla an der Reichenstraße, ist zu klein für einen

Mammutprozess. Da findet der Vorschlag eines Beisitzers, den ehemaligen Ständesaal des Rathauses zu verwenden, ungeteilte Zustimmung. Umgehend werden Handwerksmeister mit dem provisorischen Umbau des Versammlungsraums der Holsteinischen Stände zu einem Gerichtssaal beauftragt.

Schnell spricht sich das Datum des Prozessbeginns herum, und die Anfragen häufen sich derart, dass man die Ausgabe von kostenlosen Eintrittskarten beschließt. Nach wenigen Tagen sind diese vergriffen. Nur für den Prinzen Friedrich von Glücksburg, der höchstes Interesse an dem Prozess bekundet, wird ein Sonder-Billett reserviert.

Sieben Monate in der grauen, nicht heizbaren Zelle, unterbrochen nur von gelegentlichem halbstündigen Rundgang im engen Gefängnishof, haben Timms Widerstand erlahmen lassen. An manchen Tagen, besonders wenn einige Strahlen der milden Herbstsonne die Düsternis des kleinen Raums aufhellen, sehnt er sich sogar nach einer weiteren Vernehmung.

Sie ängstigt ihn nicht mehr, seit er mit der Unterzeichnung des Protokolls der richterlichen Untersuchung sein weiteres Schicksal selbst besiegelt hat. Und der kurze Gang über den Rathausplatz zur Reichenstraße erscheint ihm jetzt wie ein Stück Freiheit.

Nur von ungefähr hat er den Wechsel der Jahreszeiten wahrgenommen. Die lichte Helle im Mai, die wohlige Wärme eines Augusttages. Erinnerungen zwingt er nieder. Kein Bild kommt ihm vor Augen.

Nicht die hochgeladenen Ackerwagen bei der Heuernte. Der von sechs Pferden gezogene Pflug auf dem schweren Marschboden. Das Schlachtfest im Dezember, wenn zwei schwere Sauen auf der Leiter hingen, die Mutter Koteletts briet und der Geizhals von Vater dem Hausschlachter und den Söhnen einen Schnaps spendierte. Die Kutschfahrten zum Wilsteraner Jahrmarkt oder der Ochsenauftrieb in Itzehoe, die derbe Ausgelassenheit am Sonnabend im Beidenflether Dorfkrug.

Noch konsequenter verdrängt er die Bilder der Mordnacht. Die verzerrten Gesichter der Erschlagenen. Den ungleichen Kampf mit der Schwester. Das Flehen der Mutter.

Tietjens gegenüber gibt er sich freundlich, fast devot. Bisweilen sogar redselig, solange das Gespräch nicht seine Verbrechen berührt. Als aber Hinrich Ahrens ihm nach langer Zeit eisiger Schweigsamkeit die Hand entgegenstreckt: „Timm, wi wöllt uns de Saak nich noch swoorer maken. Du weest, ik bün Hinnerk. Un dorbi schall dat blieven“ – da kann Timm die Tränen nicht zurückhalten.

Ernst Versmann, der einzige Besucher, stößt auf offene Ohren beim Versuch, die Seele des schwer Gestrauchelten zu retten. Doch nie verlässt den Geistlichen der letzte Zweifel an Timms Aufrichtigkeit. Selbst wenn er ihn mit ins Gebet hineinnimmt: Dein Wille geschehe, wie im Himmel also auch auf Erden …

Wenige Tage vor dem Prozessbeginn aber vertraut Timm dem erfahrenen Menschenfreund an: „Ich habe

Angst, Herr Propst. Nicht vor dem Richter. Und nicht vor dem Henker. Ich habe Angst vor den Menschen im Zuschauerraum, den Zeugen, den Geschworenen. Vor ihren Blicken. Ihrem Hass. Ihrer Verachtung. Die Nachbarn, die Verwandten, der Kaufmann, der Viehhändler, Abels Mutter, Johann Bielenberg und Christian Hinrichsen, die ich so hundsgemein beschuldigt hab."

Unter Tränen streckt er ihm die zusammengeballten Hände entgegen: „Ich flehe Sie an, Hochwürden: Sagen Sie dem Richter, er möge mich verurteilen. Zum Tode, was sonst? Aber, bitte, er möge mir die Begegnung ersparen. Mit alldenen, die ich kenne von Kindheit an. Alles will ich gestehen. Alles ertragen. Aber ..."

Beruhigend legt Versmann seine Hände auf Timms Unterarme: „Du musst zu deinen Taten stehen, Timm. Auch in einer Situation und einem Umfeld, das die Rechtsordnung nun einmal vorschreibt. Dich aufrichtig, ohne Ausflüchte oder Schuldzuweisung an andere, zu ihnen bekennen. Das könnte die Verhandlung wesentlich verkürzen. Und deine Qual."

Timm blickt auf, sieht Versmann mit dankbarem Blick in die Augen: „Das werde ich tun. Ja. Das werde ich tun."

29

Gericht! Das Wort geht Timm nicht aus dem Sinn. Es bedroht ihn wie ein Gespenst. Steht es doch in seiner Vorstellung für Strafe, Sühne, Rache und – Tod. Es erinnert ihn an den verhassten Konfirmandenunterricht, de Pasterstünn, in der oft die Rede war vom Jüngsten Gericht, wo Jesus, sitzend zur Rechten Gottes, richtet über Lebende und Tote.

Selbst der Vater, starrköpfig und knochenhart, wenn es ums liebe Geld ging, war mehr als einmal nachgiebig geworden, wenn der Viehhändler oder der Müllermeister mit einem Rechtsstreit drohte. „Mit Gerich will ik nix to dohn hebben“, brummte er und lenkte ein.

Ebenso, als die Dienstmagd Elsabe gehen musste, der Johann ein Kind angedreht hatte. Und die wegen Schädigung ihres guten Rufes eine Abfindung forderte. Der Alte versuchte zu handeln. Doch als der Advocat von Zivilklage sprach, sogar mit dem Staatsanwalt drohte, da rückte er doch lieber 426 Taler plus Anwaltsgebühren heraus, bevor er für den leichtfertigen Bengel vor einem Richter zu Kreuze kriechen würde.

Nun muss er, Timm, selbst vor Gericht. Um sechs Uhr früh haben sie ihn geweckt, Tietjens und ein Gerichtsdiener namens Veit, der Hinrich Ahrens vertritt. Denn der Dorfgendarm steht heute ziemlich obenan auf der Zeugenliste.

Nach einem (ausgerechnet heute!) verdammt knibbelligen Frühstück bringen sie ihn gegen sieben ins nahe Rathaus. Dort stehen an die fünfzig Menschen, die auf einen nicht genutzten Platz im Ständesaal hoffen. Vier Grenadiere in schmucker preußischer Uniform bilden gemeinsam mit Tietjens und Veit einen geschlossenen Kreis um Timm, so dass die Gaffer kaum einen Blick auf ihn erhaschen können.

Vor dem ehrwürdigen Gebäude aus dem Jahre 1695 mit dem hohen zweiseitigen Treppenaufgang sind etwa zwanzig Wachen postiert, Gewehr im Anschlag. Denn die Ratsherren befürchten Unruhe, Revolte und vielleicht sogar Lynchjustiz.

Timm erschrickt angesichts der waffenstarrenden Staatsgewalt. Doch Rudolf Tietjens flüstert ihm zu: „Du muss keen Angst hebben. Wi passt all op, dat Keeneen di wat deiht."

Wie lange können zwei Stunden dauern? Einen Tag? Zwei? Eine Ewigkeit? Timm, gewohnt, weder Stunden noch Tage zu zählen, werden jetzt sogar die Minuten zu lang. Er sitzt auf einer schmalen Bank in einem winzigen Raum, der offenbar als Abstellkammer benutzt wird, von zwei Soldaten bewacht. Einer steht am Fenster, beobachtet aufmerksam die wachsende Menschenmenge auf dem Rathausplatz. Der zweite hat es sich auf einem Stuhl nahe der Tür leidlich bequem gemacht, das Gewehr zwischen den Beinen.

Irgendwann schlägt die Rathausuhr die neunte Stunde. Kurz darauf wird die Tür geöffnet. Ein Unsichtbarer ruft: „Vorführung des Angeklagten!"

Timm hämmert das Herz bis zum Hals. Schon auf dem Korridor, der geradewegs zum Portal des Ständesaals führt, glaubt er Schreie und Stampfen zu hören: Mörder! Verbrecher! Halunk! Kopf ab!

Vor und hinter ihm je zwei Uniformierte, an den Seiten Tietjens und Veit, die seine Unterarme fest im Griff haben, betritt er den Saal.

Keine Rufe. Keine Flüche. Nur angespanntes, feindseliges Schweigen. Nicht einmal an dunklen, nicht enden wollenden Winterabenden in seiner Zelle hat sich Timm so verlassen gefühlt.

Eingezwängt zwischen Tietjens und Veit, die ihm umständlich die Handfesseln abnehmen, entdeckt er unmittelbar vor sich an einem kleinen Schreibtisch Dr. Borstel. Der Verteidiger blickt von den Akten auf, dreht sich halb um, grüßt mit kurzem Nicken.

„Opstahn“, flüstert Tietjens. Timm erhebt sich, stellt fest, dass alle im Saal sich erhoben haben, die Blicke auf fünf schwarze Roben hinter dem Richtertisch gerichtet.

Der Vorsitzende des Schwurgerichtshofes, Appellations-Gerichtsrat Krah, blickt in die Runde: „Wir verhandeln heute in der Mord- und Brandstiftungssache gegen Timm Thode, Hofbesitzerssohn aus Groß Campen.“ Er nimmt den zuoberst liegenden Aktenband zur Hand, schlägt ihn auf, sieht über den Rand seiner Brille auf Timm hinunter. „Zunächst zu Ihren Personalien. Thode, Timm. Weitere Vornamen?“

Timm schüttelt den Kopf.

„Sprechen Sie laut und deutlich, so dass jeder im Saal Ihre Angaben verstehen kann.“

„Nein, keine weiteren Vornamen.“

„Sie sind geboren am 1. Februar 1844 auf dem väterlichen Bauernhof in Groß Campen nahe Beidenfleth. Seit dem 10. Mai 1867 untergebracht als Untersuchungshäftling im städtischen Gefängnis an der Kapellenstraße."

„Jawohl."

Der Vorsitzende lächelt milde: „Es reicht, wenn Sie mit Ja antworten. Wir sind kein Militärgericht." Er blickt hinüber zu Staatsanwalt Braun: „Die Anklage bitte."

Sachlich und emotionslos listet der Ankläger Timms Verbrechen auf. Wozu auch mit großer Geste und theatralischer Rhetorik auf den Busch klopfen, wenn das Wild schon in der Falle sitzt und die Höchststrafe ihm sicher ist?

Dennoch ist die Wirkung auf die Zuhörer enorm. Immer wieder geht ein Seufzen durch die Reihen. Dort verlässt eine todblasse Frau, dort ein zittriger Greis unsicheren Schrittes den Saal.

„Angeklagter, bekennen Sie sich schuldig oder nicht schuldig?" Der Vorsitzende, sichtlich beeindruckt von der glänzend formulierten Anklageschrift, hat sich in seinem Lehnstuhl aufgerichtet. Die Beisitzer starren auf Timm hinunter.

„Ich bekenne mich schuldig in allen Punkten der Anklage." So hat Hochwürden Versmann es Timm geraten. So wird er es halten. Bis zum bitteren Ende.

Verteidiger Borstel meldet sich zu Wort: „Ich beantrage, die Geschworenen aus ihrer Pflicht zu entlassen, da mein Mandant sich ohne Einschränkung schuldig bekennt."

Richter Krah wendet sich nach links, nach rechts. Die Beisitzer nicken: „Dem Antrag wird stattgegeben." Er beugt sich leicht nach vorn, blickt Timm an:

„Nun denn. Schildern Sie uns, wahrheitsgemäß und ohne Ausflüchte, was sich am 7. August 1866 und in der darauf folgenden Nacht ereignete."

Timm berichtet, zunächst stockend und nach Worten suchend, dann zunehmend freier, im Erzählerton, als sei von einem anderen Täter die Rede und von unbekannten Opfern. Schonungslos offenbart er seine Verbrechen, verschweigt kein Detail und lässt keinen Zweifel an dem Tatmotiv: „Ich wollte den Hof. Den Hof und alles andere."

Borstel versucht ihn zu bremsen, klopft ihm beschwichtigend auf den Arm: „Sie wurden gehänselt von Ihren Brüdern? Von der einträglichen Schafhaltung ausgeschlossen? Von Ihrem Vater des Öfteren geschlagen? Sie wurden vom Hof gejagt, gleich nach Ihrer Konfirmation? Berichten Sie auch darüber!"

Timm ignoriert den Rat. Fährt ungerührt fort mit gnadenloser Selbstbezichtigung.

Der Anwalt beugt sich kopfschüttelnd über die Akten. Will sich der Thode seine Verbrechen von der Seele reden? Hier, in aller Öffentlichkeit? Oder legt er es nur darauf an, der Begegnung mit den Zeugen zu entgehen?

Nicht schlecht, befindet Dr. Borstel. Gar nicht so schlecht, auch für ihn selbst. Hat er doch die Beiordnung als Pflichtverteidiger in einem aussichtslosen Fall nur widerstrebend übernommen. Schließlich sind einige der Zeugen Klienten seiner Itzehoer Kanzlei. Wichtige. Zahlungskräftige. Verdammt unangenehm, die zu verhören, zu verärgern, gar bei einer Unwahrheit zu ertappen. Wozu den „advocatus diaboli“ spielen? Und am Ende alles für die Katz. Denn der Kopf des Thode ist ohnehin nicht zu retten.

Nach einstündiger Einlassung, ab und an vom Vorsitzenden unterbrochen durch Nachfragen und Vorhalte, ist Timm erschöpft auf die Bank gesunken.

Sogleich bittet der Verteidiger ums Wort: „Da das umfassende Geständnis des Angeklagten nach meiner Überzeugung eine weitere Beweisführung erübrigt, stelle ich den Antrag, auf die Vernehmung der Zeugen zu verzichten.“

Staatsanwalt Braun stimmt zu. Das Hohe Gericht sieht ebenfalls keinen Anlass, auch nur einen Zeugen zu vernehmen.

„Noch Fragen an den Angeklagten?“ Vorsitzender Krah blickt zum Ankläger, zum Verteidiger. Kopfschütteln. „Gut. Dann schließe ich die Beweisaufnahme. Und bitte um das Plädoyer des Herrn Staatsanwalt.“

Timms Geständnis, seine Abrechnung mit sich selbst, gibt Braun die Stichworte für sein Plädoyer. Aus dem Stegreif entwirft der Ankläger mit grobem Strich die Karikatur eines eiskalten Massenmörders, bar allen Mitleids und jeglicher Reue. Und fordert als einzig adäquate Antwort der Rechtsordnung auf ein bislang unvorstellbares Verbrechen die Todesstrafe.

„Ihr Plädoyer.“ Stirnrunzelnd stellt der Vorsitzende fest, das der Verteidiger nicht reagiert, gedankenverloren in einer Akte blättert.

„Herr Verteidiger! Ihr Plädoyer!“

Borstel blickt kurz auf. „Ich verzichte.“

Unruhe unter den Zuhörern.

„Ich erbitte mir absolute Ruhe. Ansonsten lass ich den Saal räumen.“ Krahs Stimme klingt gereizt, warnend.

Borstel fügt erklärend hinzu: „In Übereinstimmung mit meinem Mandanten.“ Er ist sich sicher, mit Timms Zustimmung zu handeln, der offensichtlich keinen Wert legt auf verkrampftes Suchen nach Milderungsgründen oder entlastenden Indizien.

Krah wendet sich an Timm: „Ihnen steht nach der Prozessordnung das letzte Wort zu. Haben Sie noch etwas zu Ihrer Verteidigung vorzubringen?“

„Sagen Sie wenigstens, wie Leid es Ihnen tut. Äußern Sie ein Wort des Bedauerns“, flüstert Borstel hastig.

Timm erhebt sich mühsam, blickt den Vorsitzenden müde an: „Ich habe nichts zu meiner Verteidigung vorzubringen.“

Und Krah verkündet: „Das Gericht zieht sich zur Beratung zurück.“

Noch einmal steigt die Spannung, als die fünf Richter nach knapp zweistündiger Pause den Saal betreten. Wieder blickt Vorsitzender Krah prüfend in die Runde. Entdeckt keine Kopfbedeckung, kein offenes Jackett. Niemanden, der durch Nachlässigkeit in Kleidung oder unziemliches Benehmen die Würde des Gerichts verletzt.

In der Untersuchungssache wider den Hofbesitzerssohn Timm Thode aus Groß Campen wegen mehrfachen Mordes und wiederholter Brandstiftung hat der Königliche Schwurgerichtshof zu Itzehoe für Recht erkannt: dass der angeklagte Hofbesitzerssohn Timm Thode aus Groß Campen wegen mehrfachen Mordes und wiederholter Brandstiftung mit dem Tode zu bestrafen ist und ihm die Kosten des Verfahrens zur Last zu legen sind.

Nur wenige Minuten braucht Krah für die mündliche Urteilsbegründung. Nüchtern fasst er die Anklagepunkte zusammen, die ausnahmslos durch das Geständnis des Angeklagten bestätigt wurden. Und verkündet am Schluss: „Die Sitzung ist geschlossen."

Krah schaut zufrieden zur Uhr. Auf die Minute sechs Stunden hat das Schwurgericht gebraucht, das schwerste Verbrechen zu sühnen, über das je in diesem Land Gericht gehalten wurde. In der Tat, ein Rekord, der in die Annalen der Justiz eingehen wird.

In der Beratungspause erinnerte Kreisrichter Rave, einer der Beisitzer, an die Verhandlung gegen den Schneidermeister Delfs, der sich vor einigen Wochen wegen ungebührlichen Verhaltens gegen einen Offizier verantworten musste. Volle fünf Stunden brauchte das Kreisgericht, um den Glückstädter am Ende für zwei Monate ins Gefängnis zu schicken.

Zögernd verlassen die Leute den Saal. Unzufrieden scheinen sie. Mit dem Urteil? Sicher nicht. Eher mit der Kürze der Verhandlung, von der mancher dramatische Szenen und Tumulte erwartet haben mag.

Manche werfen einen neugierigen oder auch schadenfrohen Blick auf Timm, noch vor Minuten Angeklagter, nun ein Todeskandidat, der dieses scheinbar mit stupider Gelassenheit erträgt.

Das täuscht. Er ist leergebrannt. Wie ein Todkranker, der jeden Widerstand gegen das nahe Ende aufgegeben hat.

Verteidiger Borstel tritt zu ihm: „Eine Chance haben wir noch: Ohne die persönliche Bestätigung durch Seine Majestät wird kein Todesurteil vollstreckt."

Timm lächelt bitter: „Seine Majestät wird sich hüten, mich zu begnadigen."

30

Sämtliche Vorbereitungen zur Exekution hat Oberstaatsanwalt Giehlow an sich gerissen. Ohne persönlich auf den Plan zu treten, arrangiert er von Kiel aus auch kleinste Nebensächlichkeiten und schert sich keinen Deut um die noch ausstehende Entscheidung Seiner Königlichen Majestät.

Giehlow weiß, dass er sich mit seinem Aktionismus aufs Glatteis begibt und sich der Schadenfreude seiner Untergebenen aussetzt, falls der Preußenkönig den Verurteilten begnadigt. Auch ist ihm bekannt, dass Wilhelm I., den seine Anhänger in grenzenloser Bewunderung vorschnell den Großen nennen, staatliche Gewalt verabscheut.

Vorsorglich beauftragt er deshalb Staatsanwalt Braun, die Meinung des Propsten Ernst Versmann einzuholen. Umgehend wendet sich dieser an:

Hochwürden mit der Bitte um ein Gutachten, ob der Verurteilte zu Reue und Buße zu bekehren und auf solche Gemütsänderung die Vollstreckung aufzuschieben sei, oder ob vom seelsorgerischen Standpunkt aus die Strafe ohne Verzug zur Vollstreckung gebracht werden könne.

Zwei Tage später kann Braun dem Oberstaatsanwalt melden:

Auch sein Seelsorger Probst Versmann hat sich in dem gehorsamst überreichten Gutachten nicht für die Hinausschiebung oder Abänderung der Strafe erklären können.

Das klingt eher abwägend und verrät nicht die eindeutige, pragmatische Einstellung des Geistlichen:

Das ganze Land fordert, soviel mir zu Kunde gekommen ist, einmütig die Vollziehung des Urteilsspruches. Je eher die Letztere zur Vollstreckung gebracht ist, desto schneller werden die durch die Tat noch immer aufgeregten Gemüter beruhigt werden.

Das gibt dem Kieler Ehrgeizling Auftrieb. Er beauftragt Staatsanwalt Braun, sich zunächst auf die Kreisstadt Itzehoe als Standort der Hinrichtung zu konzentrieren. Dort erklärt sich ein Zimmermeister namens Vogt bereit, für 70 Taler einen 100 Fuß langen und 80 Fuß breiten Bretterzaun zu errrichten, der keinen Durchblick ermöglicht. Denn die Zeit öffentlicher Hinrichtungen gehört in Preußen seit Jahren der Vergangenheit an. Meister Vogt verpflichtet sich überdies, ohne Preisaufschlag ein Schafott herzustellen.

Doch die Itzehoer Ratsversammlung, aufgeschreckt durch den Wirbel um den Thode-Prozess, stellt sich geschlossen gegen das Ersuchen. Sie teilt der Staatsanwaltschaft gehorsamst mit, es gebe in der Stadt keinen geeigneten Platz. Und verschweigt geflissentlich den Holzkamp, die Malzmüllerwiesen, den Ochsenmarktskamp.

Auch die Rendsburger, an die sich Braun anschließend wendet, stellen sich quer, wollen ihren prächtigen Paradeplatz nicht durch die Hinrichtung eines Massenmörders besudeln.

So bleibt dem Vorplaner aus Kiel nur das Glückstädter Zuchthaus, dessen zweiter Innenhof ein geschlossenes Viereck bildet. Das Oberinspectorat leistet mit Hinweis auf die zu erwartende beträchtliche Unruhe unter den Züchtlingen passiven Widerstand. Dem setzt Giehlow die Anordnung entgegen, die Gefangenen für den Zeitraum der Vollstreckung aus den Zellen zu entfernen und im Speisesaal einzusperren. Des Weiteren schlägt er vor, durch Hinzuziehung militärischer Effiziens Sorge zu tragen, dass Aufregung unter den Züchtlingen nicht zu Ausschreitungen führt.

Um weiterem Widerstand die Spitze zu brechen, erinnert Giehlow Inspector Plambeck, den Leiter der Strafanstalt, daran, dass im Innenhof bis 1843 zahlreiche Hinrichtungen erfolgt seien.

Jetzt könnte sich Giehlow eine Verschnaufpause gönnen. Der Standort für den letzten Akt des Thode-Dramas ist gesichert. Die Vorbereitungen laufen, wenn auch noch immer unter dem Vorbehalt der Allerhöchsten Bestätigung.

Der König lässt sich Zeit. Und Giehlows Geduld wird auf die Folter gespannt. Zumal sich ihm ein weiteres, unerwartetes Problem in den Weg stellt, das ihn vollends der Nachtruhe beraubt: Weit und breit findet sich kein geeigneter Vollstrecker.

Der Beruf des Scharfrichters, durchweg verbunden mit dem Privileg des Betreibens einer Abdeckerei und durch Generationen vom Vater auf den Sohn vererbt, ist nahezu ausgestorben. Daran hat auch die Wandlung Schleswig-Holsteins in eine preußische Provinz nichts geändert. Nicht zimperlich, politische Probleme blutig zu lösen, hält sich die Regierung fast ängstlich zurück, wenn es um die Vollstreckung von Todesurteilen geht.

Gepackt von zorniger Ungeduld, lässt Giehlow im gesamten Königreich nach einem Scharfrichter suchen. Und wird immer wieder enttäuscht durch negative Auskunft: Verstorben. Ausgewandert. Beruf gewechselt. Unbekannt verzogen.

In Altona wird der mit der Suche beauftragte Staatsanwalt Braun schließlich fündig. Der bejahrte Scharfrichter Döring legt seiner Zusage eine Kostenrechnung über 461 Taler bei, die er 1858 für die Enthauptung eines Mörders erhielt, und fordert für sich, einen Assistenten und zwei Knechte dasselbe Honorar.

Giehlow tobt angesichts der in seinen Augen unverschämt hohen Forderung, lenkt aber am Ende ein mit der Feststellung: „Es ist beim Thode genügend Vermögen vorhanden."

Wenige Tage später erhält er die Absage des Altonaer Scharfrichters, der plötzlich schwer erkrankt und zur Ausübung seines Berufes nicht fähig sei.

Auf Anfrage an den Scharfrichter Untermann im holsteinischen Oldenburg meldet sich dessen Sohn und teilt mit, der Vater sei 1861 verstorben. Er selbst, Pferdehändler von Beruf, sei aber durch Mitanschauung zahlreicher Köpfungen im Stande, für 200 Taler den Auftrag zu übernehmen.

Wütend zerknüllt Giehlow das Schreiben. Sein Zorn steigert sich anderntags beim Angebot eines Amateur-Henkers aus Laboe, der als Referenz angibt, er habe das Köpfen an Tieren erprobt, vom Hahn bis zum Ochsen.

„Verflucht und zugenäht! Muss ich am Ende noch eigenhändig dem Thode den Kopf abschlagen?“, zetert er, als er einen Brief des Scharfrichters Voigt aus Hamburg in Händen hält, der seine vielfach erprobte Guillotine anbietet, nicht wissend, dass der häufigste Gebrauchsgegenstand der Französischen Revolution in Schleswig-Holstein tabu ist.

Erst am 30. März kann Giehlow erleichtert aufatmen. Mit Carl Christoph Wilhelm Reindel aus Werben in der Altmark ist der richtige Mann gefunden. Angesichts schwindender Aufträge hat er sich in den letzten Jahren ausschließlich dem Zweitberuf des Abdeckers gewidmet und seine Gerätschaften dem Königlichen Stadtgericht Berlin übergeben. Dieses erklärt sich bereit, sie in diesem besonderen Fall zur Verfügung zu stellen.

Reindel fordert 180 Taler Honorar und je 50 Taler für seine drei Helfer. Dazu Reisekosten, Unterbringung in einem angemessenen Hotel und sichere Verwahrung des Beiles und des Richtblocks. Seiner Bitte um genaue Terminierung kann Giehlow nicht nachkommen. Man habe aber den 13. Mai ins Auge gefasst in Erwartung der baldigen Allerhöchsten Entscheidung aus Berlin.

Die trifft per Kurier am 8. April ein:

WIR WILHELM
von Gottes Gnaden König von Preußen etc.

wollen, nachdem Uns in der Untersuchung wider den Hofbesitzerssohn Timm Thode aus Grohs-Campen bei Itzehoe in Holstein über das rechtskräftige Erkenntnis des Schwurgerichtshofes zu Itzehoe vom 31. Januar, durch welches der genannte Thode wegen achtfachen Mordes und wiederholter Brandstiftung zur Todesstrafe verurteilt worden, Vortrag gehalten ist, der Gerechtigkeit freien Lauf lassen.

Berlin, den 7. April 1868

Wilhelm

Noch am selben Tag zeigt Verteidiger Borstel seinem Mandanten das Schriftstück. Timm reagiert gelassen: „Nu steiht endli fast, wo lang ik noch to leeven heff."

31

11. Mai. Frühmorgens um zwei Uhr rasseln die Zellenschlüssel. Timm schreckt auf. Angekleidet hat er sich gegen 22 Uhr aufs Bett gelegt. Wollte nicht schlafen diese letzte Nacht in der verhassten Zelle. Blitzschnell bereit sein, wenn Tietjens und ein paar Andere ihn holen würden zur letzten Fahrt.

„Dat is beeter, wenn wi bi Nach fohrt", hat der Wärter ihm am Vortag gesagt. „Denn sünd noch keen Lüüd op de Been."

Auf dem Gefängnishof steht ein mit zwei Pferden bespannter kastenartiger Wagen. Zu Tietjens gesellt sich ein zweiter Bewacher, der Polizeidiener Hübner. Neben den Pferden wartet der Kutscher, ein Privatmensch offenbar, mit Schirmmütze und langem Mantel. Zu beiden Seiten des Wagens hat je ein Gendarm zu Pferd Aufstellung genommen.

Gefesselt an Händen und Füßen betritt Timm das abstoßend wirkende schwarze Gefährt. Drei kleine Holzbänke, einer in der Wagenmitte für Timm. Auf den anderen an der vorderen und hinteren Wagenwand nehmen die Wächter Platz. Ein kleines vergittertes Viereck dicht unter der Decke lässt die kühle Nachtluft hinein und eine Spur des fahlen Mondlichts.

Der Kutscher schnalzt, die Pferde ziehen an, der düstere Wagen rumpelt über die holprigen Straßen der Kreisstadt, biegt auf die Landstraße nach Glückstadt ein. Der Weg führt durch die im Dunkeln liegenden Bauerndörfer Dägeling und Neuenbrook und die kleine verschlafene Marschenstadt Krempe.

Bedrückende Stille herrscht im Wagen. Gern hätte Timm einen Blick durch das Gitterloch in die Morgendämmerung geworfen, den betäubenden Duft der Rapsblüte eingeatmet. Doch die Wärter haben strenge, mit Suspendierung und Haftstrafen bedrohte Anweisung, dem Thode nicht die geringste Fluchtmöglichkeit zu bieten und ihn unversehrt zum Zielort zu bringen.

Gegen fünf erreichen sie das Elbestädtchen. Im Zuchthaus wird Timm eine Einzelzelle zugewiesen, die ihm im Vergleich zu seiner kargen Unterkunft in Itzehoe feudal erscheint. Auch werden ihm sofort Hand- und Fußfesseln abgenommen, und man bietet ihm ein kräftiges Frühstück an. Dass vor der Zellentür sowie auf dem Hof vor seinem Fenster je zwei Soldaten Wache halten, bemerkt er nicht.

Sein Verdrängungsmechanismus hilft Timm auch, den nächsten Tag gelassen durchzustehen, zumal ihn Tietjens mit Lektüre versorgt, ihm sogar die Glückstädter Fortuna zukommen lässt. Und als ihm um 17 Uhr Kreisrichter Rave, von Giehlow zum Leiter der Execution bestellt, mitteilt, die Hinrichtung werde am nächsten Morgen um sechs Uhr dreißig erfolgen, entgegnet er trocken: „Also noch zwölfeinhalb Stunden."

Jakob Schwarzkopf und sein Sohn betreten gegen 19 Uhr die Zelle, nachdem ein Hauptwachtmeister sorgfältig die Besuchserlaubnis geprüft und einen Wärter zur Begleitung beordert hat.

Johannes, der zwei Tage Sonderurlaub vom Militärdienst erbeten und erhalten hat, blickt Timm ernst in die Augen. Drückt ihm stumm die Hand. Er verspürt keinen Hass, obschon ihn Timms Verbrechen über Monate hinweg vor Schmerz fast den Verstand raubten. Und Timm flüstert: „Dank di, Hannes, dat du kamen büst. Dor hett mi veel an leegen. Dat makt allens lichter för mi."

Als aber Jakob Schwarzkopf, der Wohltäter, Beschützer und väterliche Freund, ihn umarmt, unfähig, ein Wort zu sprechen, schluchzt Timm nur: „Och, Ungel Joggob."

Wortlos verlässt der alte Bauer die Zelle. Erst auf dem grauen, hochgewölbten Korridor mit den vielen Eisentüren spürt er seine Tränen.

Draußen heben Wärter einen schlichten Kiefernsarg vom Wagen. Jakob und Johannes Schwarzkopf haben ihn am Vormittag gezimmert. Marten Krey, Timms Großvater, bat sie darum, nachdem er erfuhr, dass hier seit jeher Selbstmörder und Hingerichtete ohne Sarg und Trauerfeier in einer Ecke des Gefängnisgartens anonym verscharrt werden.

32

13. Mai, 6 Uhr. Zu fünft betreten sie die Zelle, Kreisrichter Rave, Anstaltsleiter Plambeck, Propst Versmann, zwei Uniformierte. Gut geschlafen habe er, bis gegen vier, antwortet Timm auf Raves Frage nach seinem Befinden. Ein reichliches Frühstück sei ihm angeboten worden. Eier mit Speck, Bratkartoffeln, Rosinenkuchen. Ihm habe aber ein Butterbrot gereicht und ein Pott Kaffee.

Die Blässe in seinem Gesicht? Die bedeute nichts. Schließlich sei er seit dem Urteil durchgehend eingesperrt gewesen. Ohne Hofgang, ohne einen Sonnenstrahl.

„Sind Sie bereit?“ Timm nickt. Die Soldaten nehmen ihn in die Mitte, der Executionsleiter geht voran, der Seelsorger und der Zuchthausinspector folgen.

Vor der Tür schließen sich Rudolf Tietjens, Polizeidiener Hübner und Assessor Bünz, der Protokollführer, der Gruppe an. Unter dem dünnen Gebimmel der Arme-Leute-Glocke geht Timm, aufrecht und sicheren Schrittes, seinen letzten Weg.

Blauer Himmel. Vogelgezwitscher. Nimmt er den himmlischen Maimorgen wahr? Die sanfte Morgenkühle, den Blütenduft aus dem benachbarten Anstaltsgarten?

Sein Blick ist starr gerichtet auf den mächtigen Holzblock, den die Helfer des Scharfrichters in der Hofmitte einige Zentimeter tief eingegraben und mit Pflastersteinen befestigt haben. Daneben der offene Sarg.

Im Halbkreis zwölf dunkel gekleidete Männer mit unbehaglichen Mienen. Ehrenhafte Glückstädter Bürger, vom Stadtpräsidenten v. Graba auf Giehlows Anordnung als Zeugen ausgewählt und bestellt. Militär sichert die Ausgänge und schirmt eine Fensterreihe vor neugierigen Ausblicken ab. Verteidiger Borstel und Oberstaatsanwalt Giehlow glänzen durch Abwesenheit.

Das Totenglöcklein klingt aus. Rave verliest das Urteil des Schwurgerichtshofes, danach die Königliche Bestätigung. Er blickt Timm an: „Haben Sie noch etwas zu sagen?“

„Wat ik dahn heff, dat weet ik. Ik heff de Wohrheit seggt.“ Seltsam banal, Timms letzte Worte. Sie lassen über den Tod hinaus das Rätselhafte seines Wesens im Dunkeln.

„Scharfrichter, walten Sie Ihres Amtes!“ Rave nickt Reindel zu, der, sekundiert von den drei Gehilfen, hinter dem Block steht, in der Rechten das Richtbeil mit der riesigen, messerscharfen Klinge und dem kurzen Stiel.

Ein Seitenblick des Scharfrichters, und einer der Gehilfen geht auf Timm zu. Die beiden Soldaten, links und rechts von ihm, treten zur Seite. Bevor jedoch der Henkersknecht ihn erreicht, hat Timm Weste und Hemd abgestreift und steht mit nacktem Oberkörper vor ihm.

Blitzschnell sind die beiden anderen zur Stelle, fesseln mit geübten Griffen Hände und Füße. Sie wissen, jede Minute zählt. Oft genug haben sie erlebt, dass Delinquenten unmittelbar vor dem Ende ausrasteten, um sich schlugen, gewaltsam zum Block geschleift werden mussten.

Timm kniet sich ohne ihr Zutun auf die vor dem Richtblock ausgebreitete Decke. Einer der Helfer drückt seinen Kopf seitlich auf die Oberfläche, der zweite spannt einen breiten, am Block befestigten Gurt über den Hinterkopf.

„Im Namen des Gesetzes!“ Der Scharfrichter hebt mit beiden Händen das fünf Kilo schwere Beil. Der Schlag ist so kraftvoll, dass die Klinge tief im Holz stecken bleibt.

Atemlose Stille. Und wie aus unergründlicher Ferne Versmanns tiefe, wohltönende Stimme:

... vergib uns unsere Schuld wie auch wir vergeben unseren Schuldigern. Und führe uns nicht in Versuchung, sondern erlöse uns von dem Übel. Denn Dein ist das Reich und die Kraft und die Herrlichkeit in Ewigkeit. Amen.

Bekanntmachung

Nachdem der Hofbesitzerssohn Timm Thode aus Groß Campen, welcher am 7. August 1866 daselbst seine Eltern, seine vier Brüder, seine Schwester und die Dienstmagd ermordet und danach das seinem Vater gehörige Wohnhaus und die dazu gehörige Scheune vorsätzlich in Brand gesteckt hat, auch schon früher, im Juni 1864, zu Krummendiek vorsätzlich das dem Müller Lembke gehörige Wohnhaus eingeäschert hatte, durch Erkenntnis des Königl. Schwurgerichts zu Itzehoe wegen achtfachen Mordes und wiederholter Brandstiftung zum Tode verurteilt worden ist und nachdem Se. Majestät mittels Allerhöchsten Confirmationsrescripts vom 7. April 1668 geruht haben, der Gerechtigkeit freien Lauf zu lassen, ist heute morgen um 6.30 Uhr die Todesstrafe an dem Verurteilten auf dem Hofe der Strafanstalt zu Glückstadt durch Enthauptung mittels des Beiles vorschriftsmäßig vollstreckt worden.

Itzehoe, den 13. Mai 1868.

Der Königl. Staatsanwalt.

Schlussbetrachtung

Wie schreibt man einen Kriminalroman? Die Frage stellte sich mir nicht, bevor „Der Marschenmörder“ entstand. Vielmehr hat sich der Krimi um Timm Thode unabsichtlich aus einer Zeitungskolumne entwickelt. Nach gut 100 Folgen durchweg heiterer Kurzgeschichten, die unter dem Titel „Brorsens Welt“ wöchentlich in den Elmshorner Nachrichten erschienen, beschloss ich, die Leser zur Abwechslung einige Wochen lang zum Gruseln zu bringen.

Einen Stoff musste ich nicht lange suchen. Seit meiner Kindheit ist mir die Mordgeschichte aus der Wilstermarsch nicht mehr aus dem Sinn gegangen. Zu oft hatte meine Großmutter (geb. Thode) von jenem „um drei Ecken Verwandten“ erzählt, der Eltern, Geschwister und (fälschlicherweise) die „Neihkatrin“ umbrachte, um an das väterliche Erbe zu gelangen.

Auch war die Idee, sich mit dem Jahrhundert-Verbrechen näher zu befassen und darüber in irgendeiner Form zu berichten, nicht neu. Vor etwa 15 Jahren erwog ich, das Thema für ein plattdeutsches Theaterstück zu verwenden. Ich nahm Verbindung zu Dr. Fritz Treichel auf, dem Glückstädter Heimatforscher, der 1991 in dem vom Heimatverband für den Kreis Steinburg herausgegebenen „Steinburger Jahrbuch“ eine Abhandlung über das Verbrechen veröffentlicht hatte, stellte dann das Vorhaben ein in der Erkenntnis, dass diese Geschichte im niederdeutschen Theater kaum eine Chance hätte, abgesehen von dramaturgischen Problemen.

Blieb also meine Kolumne, die kurzerhand für fünf bis sechs geplante Folgen in „Brorsens Unterwelt" umbenannt wurde. Beim Recherchieren stellte ich jedoch fest, dass der Fall Thode in dieser Kürze nur sehr gerafft und holzschnittartig dargestellt werden kann. Und so wuchs die Kolumne auf 69 Folgen an und mit ihr die Grundfassung für den „Marschenmörder".

Bei weiteren Nachforschungen erwies sich das Landesarchiv in Schleswig als unschätzbare Fundgrube. Dort sind in 14 Bänden die Morde, die Brandstiftungen, ihre mühselige Aufklärung und das Ende des Täters unter dem Beil des Scharfrichters in 140 Jahre alten Originalakten mit Schreibfeder oder Bleistift zu mittlerweile leicht vergilbtem Papier gebracht.

Näher als beim Studium dieser Akten kann man dem Fall Thode nicht kommen. Besonders beklemmend spürte ich dieses bei der Lektüre des Protokolls der richterlichen Vernehmung durch den Kreisgerichtsrat Rave, in der Timm Thode erstmals ein lückenloses Geständnis ablegte. Ich konnte nachempfinden, wie Protokollführer Meindermann bei der Niederschrift zusehends die Nerven verliert. Sein zunächst leidlich entzifferbares Sütterlin wird zunehmend zittriger, die Tintenflecke mehren sich, bis das Protokoll abbricht – der arme Schreiber braucht eine Pause.

Für den Roman erbrachte das Aktenstudium jedoch nur das juristische Skelett, weil das Material ausschließlich aus der Perspektive der Ermittler, der Staatsanwaltschaft und der Richter entstanden ist. Gleichwohl lassen etwa die Erkundungen über Timm Thodes Verhalten in der Fremde, Aufzeichnungen von Zeugenvernehmungen, Rötgers Abschlussbericht, die Obduktionsergebnisse und die von Staatsanwalt Braun verfasste Anklageschrift Rückschlüsse auf die Persönlichkeit des Täters sowie auf sein Umfeld zu.

Zeitungsartikel, Reaktionen aus der Bevölkerung, die Korrespondenz zwischen Justizbehörden und amtliche Bekanntmachungen gewähren einen interessanten Einblick in die beschränkten technischen Möglichkeiten der Verbrechensaufklärung vor 140 Jahren sowie in die Einflüsse einschneidender politischer Veränderungen auf die Justiz. Ebenso in die Arbeit der Ermittler – Landrichter, die sich bis dato mit Kleinkriminalität und Zivilstreitigkeiten befassten und nun vor einem Verbrechen standen, für das weder Tatzeugen noch verwertbares Beweismaterial vorhanden waren. Und deren Erfolg einzig auf ihrer Menschenkenntnis, ihrer Intelligenz und ihrem kriminalistischen Gespür beruhten.

Ob und in welchem Maße die Neuordnung des Gerichtswesens nach der preußischen Annexion Schleswig-Holsteins, die namentlich in der Beamtenschaft einherging mit Unsicherheit und Zukunftsängsten, die Aufklärung des Verbrechens verzögert hat, ist nicht nachweisbar, jedoch anzunehmen. Wohl kaum hätte das Glückstädter Obergericht die Justizräte Rötger und Jacobsen acht Monate lang gewähren lassen, ohne sie ein einziges Mal zur Eile zu mahnen, wenn nicht die bevorstehenden Umwälzungen zusätzliche Kräfte gebunden hätten. Dagegen übte es, nachdem die Vorbereitungen zur Justizreform abgeschlossen waren, auf die zweite Kommission Druck aus, obgleich es den Ermittlern Mohrdieck und Schütt bereits nach acht Wochen gelungen war, den Täter zu einem Geständnis zu bewegen.

Andererseits dürfte Timm Thodes beachtliche Erbschaft die Ermittlungen beschleunigt, zumindest erleichtert haben. Die Akten im Landesarchiv belegen unvollständig, aber aufschlussreich, dass nahezu alle Sondermaßnahmen, von Auslagen der Ermittler über die Obduktion der Opfer und die Arzthonorare bis zu den Gerichtskosten relativ zügig aus dem Erbe beglichen wurden. Der Ausspruch des Oberstaatsanwalts Giehlow angesichts des Kostenanschlags eines Scharfrichters: „Es ist beim Thode genügend Vermögen vorhanden“ weist darauf hin, dass Timm Thode einer der wenigen Mörder war, der auch seine Hinrichtung selbst bezahlen musste.

Wie viel am Ende von den gut 120 000 Talern des Thode-Vermögens übrig geblieben sind, ist mangels Rechnungen und Quittungen nicht zu ermitteln. Doch zeigen die aktenkundlichen Ausgaben, dass die Erbschaft vermutlich bis auf den letzten Taler den Folgen des Verbrechens geopfert wurde.

Timm Thodes persönlicher Bedarf, sein Taschengeld, die Unterkunft beim Gendarm Wöhlers und dem Bauernvogt Jens machten nur einen geringen Teil der Ausgaben aus. Ebenso die bis auf strafbedingte „Kalte Kost“ vorzüglichen Speisen aus der Küche der Frau Tietjens während der Untersuchungshaft. Dagegen schlugen die Schadensersatzforderungen erheblich zu Buche. Bereits im Juni 1867 stellte Müllermeister Lembke aus Krummendiek die durch Timm Thodes erste Brandstiftung entstandenen Kosten in Rechnung: 13 393 Taler für den Wiederaufbau von Mühle und Wohnhaus, 4500 Taler für Stillstand des Betriebes und Einkommensverlust, 2200 Taler für Zinsverlust in drei Jahren, 50 Taler für Ertragsverlust aus dem Garten.

Für 14 Untersuchungen und ein Gutachten verlangt Kreis-Physikus Dr. Goetze 194 Taler. Ähnlich dürften sich die Honorare für die Kollegen sowie für den Kieler Professor Bockelmann beziffert haben. Das Appellationsgericht fordert einen Vorschuss von 2157 Talern ein, vermutlich für die Sondertätigkeit des Oberstaatsanwalts, der sich sogar persönlich um die Beschaffung eines Totenglöckleins für die Hinrichtung bemühte.

Für Auslagen und Diäten im Zeitraum 22. Mai bis 30. Juni 1867 erhielten die Ermittler Mohrdieck und Schütt 1367 Taler. Erheblich höher muss der Aufwand für ihre Vorgänger gewesen sein, die acht Monate im Einsatz waren. Nicht eingerechnet die Forderungen der Land- und Kirchspielsvogteien, Gendarmerien, Zoll- und Justizämter für Sonderausgaben bei der landesweiten Fahndung nach einer Räuberbande. Eine Rechnung des Landrats in Meldorf vom 15. Januar 1969 in Höhe von 1866 Talern für die Sonderaufwendungen der ehemaligen Landvogtei lässt ahnen, welche Summen die vergebliche „Vagabundenjagd“ verschlungen hat.

Dagegen nehmen sich die Gerichtskosten für die Hauptverhandlung in Itzehoe mit 438 Talern eher bescheiden aus, vor allem, weil die Verhandlung durch das Geständnis des Angeklagten auf sechs Stunden verkürzt werden konnte. Es fehlen in der Kostenrechnung allerdings die Aufwendungen für den Sondereinsatz von Polizei und Militär.

Die Flut finanzieller Forderungen wuchs Jakob Schwarzkopf, der wenige Tage nach dem Verbrechen zum Vermögensverwalter bestimmt wurde, allmählich über den Kopf. So war er erleichtert, als das Obergericht diese Aufgabe übernahm, und sie am 1. September 1868 dem neu gegründeten Kreisgericht in Itzehoe übertrug.

Inwieweit privat Geschädigte Ansprüche stellten und diese gewährt wurden, ist mangels Unterlagen nicht zu beziffern. Es finden sich in den Akten Hinweise auf Helfer, die um Ersatz für durch das Feuer verdorbene Kleidung nachsuchen, sowie ein Schreiben des Pastors Meins aus St. Margarethen, der sich für Lena Dehn, die Mutter des Dienstmädchens Abel, verwendet. Der Geistliche bittet namens der in Armut geratenen Witwe des Arbeiters Max Dehn „um einen Ersatz für den schrecklichen Verlust, soweit überhaupt möglich“. Sie habe von ihrer Tochter jährlich 20 bis 25 Taler Unterstützung erhalten, die diese von ihrem Lohn als Dienstmädchen erspart habe. Die

Frau sei arm und müsse außerdem noch eine nicht konfirmierte Tochter ernähren. Alle hätten ihr zugeredet, einen Schadensersatz von 600 Talern zu fordern. Ob dieser Bitte entsprochen wurde, ist nirgendwo verzeichnet.

Insgesamt enthalten die Akten im Landesarchiv vortreffliches Material für die wissenschaftliche Analyse des Verbrechens, doch nur unvollständige Dokumente für weitere Aspekte einer einmaligen Familientragödie.

Diese aufzuhellen und gegebenenfalls für einen Roman zu verwenden, bedurfte es weiterer Nachforschungen. Ein schwieriges Unterfangen, denn das Jahrhundert-Verbrechen hat erstaunlicherweise keinen literarischen Niederschlag gefunden, sieht man von zwei täuschend ähnlichen Tatsachenberichten aus den Jahren 1956 und 1960 in der „Norddeutschen Rundschau“ und der „Hamburger Morgenpost“ ab. Des Weiteren erschienen in den ersten Jahren nach dem Verbrechen Beiträge in Bänkelsängerheften sowie ein längerer Bericht in der in Leipzig herausgegebenen Criminal-Zeitschrift „Der Neue Pitaval“.

Die Kirchengemeinde Beidenfleth verzeichnet lediglich im Bestattungsbuch unter dem 11. August 1866: „In der Nacht vom 7ten auf den 8ten August 1866 ist im Hause des Hofbesitzers Johann Thode in Großcampen ein grauenhafter Mord nebst Brandstiftung begangen worden, wodurch nachstehende 8 Personen den Tod fanden und Haus und Scheune ein Raub der Flammen wurden und nur ein Sohn des Johann Thode, Timm Thode, dem Tode entging.“ Es folgen Namen, Alter sowie die Namen der Eltern der Opfer, und am Ende heißt es: „Die 7 Ermordeten nebst dem Dienstmädchen sind begraben worden in Nr. 387, 388, 389 und 390 und wurden mit Geläute und Grabrede begraben."

Dass Timm Thode an Trauerfeier und Begräbnis nicht teilgenommen hat, geht aus einer Meldung der Itzehoer Nachrichten hervor. Die Zeitung berichtet von großer Anteilnahme der Bevölkerung und erwähnt am Schluss, das einzige Familienmitglied, das sich schwer verletzt retten konnte, befinde sich auf dem Weg der Besserung.

Nach Timm Thodes Hinrichtung erwies es sich als umständlich, für das (kaum noch vorhandene) Thode-Vermögen einen Erben zu finden. Die Verwandten zeigten offenbar wenig Interesse an einer Erbschaft, die sie durch weitere Forderungen leicht finanziell ruinieren konnte. Aus einem Nachtrag in den Gerichtsakten geht hervor, dass Marten Krey, der Großvater Timm Thodes, das Erbe annahm: „Universalerbe Marten Krey zu Brockdorf erklärt sich zugleich bereit, die Erstattung der durch die Verbrechen des Timm Thode entstandenen Kosten zu übernehmen."

Der Großvater, 79 Jahre alt und körperlich gebrechlich, hielt sich an seine Verpflichtungen. Im Zweifelsfall entschied das nunmehr zuständige Amtsgericht in Wilster. Dieses grenzte am 15. Oktober 1868 durch eine Bekanntmachung den Zeitraum für weitere Anträge auf Schadensersatz, Auslagen oder Nachforderungen ein:

Alle und jede, welche aus dem Nachlaß aus irgendeinem Grunde Ansprüche oder Forderungen haben, werden mit Ausnahme des Marten Krey aufgefordert, sich innerhalb 12 Wochen hierselbst rechtsbehörig zu melden.

Königl. Amtsgericht Wilster.

Das Thode-Anwesen war kein Erbhof. Johann Thode kaufte es 1838. Über die Kaufsumme ist nichts bekannt, wohl aber, dass seine Frau Margaretha als Mitgift neben Schmuck und Tafelgeschirr im Wert von 6000 Talern 10 000 Taler Bargeld in die Ehe einbrachte, was den Kauf des Hofes erleichtert haben dürfte.

Wie lebten die Thodes auf dem für damalige Verhältnisse stattlichen 40-Hektar Hof?

Das Anwesen, ein Minikosmos, äußerlich abgegrenzt durch den Stördeich und einen breiten Wassergraben. Unter den Bewohnern war das Dienstmädchen die einzige nicht zur Familie gehörende Person im Haus. Der Alltag war geprägt von körperlicher Schwerstarbeit und dem vom Vater festgesetzten Tagesablauf. Die Arbeit wurde zunächst mit Knechten und Tagelöhnern bewältigt und später, als die Söhne heranwuchsen, ohne fremde Hilfe. Ihr Taschengeld mussten Martin, Johann und Cornils nach Feierabend mit der einträglichen Schafhaltung erarbeiten.

Dennoch war Johann Thode kein Despot, der seine Familie drangsalierte. Er schenkte den Söhnen zu ge-

gebenen Anlässe wie an Geburtstagen silberne Taschenuhren, geizte auch nicht mit modisch-eleganter Sonntagskleidung, wie einige erhaltene Fotos von Timm, aufgenommen in einem Atelier, zeigen. Und dass die Eltern wenige Stunden vor der Tragödie mit den eng befreundeten Nachbarn Jakob und Hanne Schwarzkopf einen Beidenflether Hofbesitzer besuchten und dort standesgemäß mit einer Kutsche vorfuhren, beweist, dass Johann Thode durchaus die Geselligkeit im Kreise Gleichrangiger pflegte, während die Söhne an Wochenenden den Dorfkrug oder die Kegelbahn aufsuchten.

Den Status quo eines Familienbetriebes suchte er mit eiserner Hand zu erhalten, wie seine Reaktion auf die Schwängerung eines Dienstmädchens durch den Sohn Johann zeigte. Sie wurde entlassen, und der Hofbesitzer beglich den entstandenen „Schaden". Dass bei der Verhandlung über die Summe ein Itzehoer Notar, aber der Vater des ungeborenen Kindes nicht zugegen war, wirft ein bezeichnendes Licht auf die autarke Stellung, die Johann Thode in seiner Familie einnahm. Mit harter Arbeit und rigoroser Sparsamkeit, die von seinen Kindern als Geiz empfunden wurde, erwirtschaftete er in 28 Jahren ein Vermögen, von dem er neben seinem schuldenfreien Hof einen weiteren hätte erwerben können.

Dass Timm, wie Friedrich Rötger bei seinen Erkundungen erfuhr, mit dem Vermögen seiner Eltern prahlte, zeigt sein zwiespältiges Verhältnis zum Vater, der ihn seinerseits mit Verachtung strafte, ihn als einzigen seiner Söhne bereits kurz nach der Konfirmation auf der Beidenflether Mühle unterbrachte und in den folgenden Jahren auf verschiedenen Bauernhöfen bis an die Grenze Hamburgs. Durch eine frühe Krankheit leicht gehbehindert, bis ins Erwachsenenalter Bettnässer, dazu ein Faulpelz, setzte Timm sich ins Unrecht durch kleine Diebstähle und Betrügereien, die nach heutiger Einschätzung eine kriminelle Energie nicht erkennen lassen. Denn er versuchte lediglich durch Kleinkriminalität mit den Einkünften der Brüder aus ihrer Schafhaltung mitzuhalten.

Sein erstes Verbrechen, die Brandstiftung in Krummendiek, beging er nicht aus Habgier, auch nicht aus Hass auf den Müllermeister, sondern, wie aus einer Vernehmung hervorgeht, aus Heimweh. Wusste er doch, dass der Vater ihn abweisen würde, hätte er ohne plausiblen Grund nach zwei Wochen die Arbeitsstätte verlassen. Die Tat war also anders motiviert als seine späteren Verbrechen, trägt allerdings schon Züge der Unbedenklichkeit in der Wahl der Mittel, um ein bestimmtes Ziel zu erreichen.

Das führt zum Kern des letztlich ungelösten Rätsels um den Massenmord in Groß Kampen und schließt zwei Verdachtsmomente aus: Der Unterdrückte, Verachtete, Ausgeschlossene, der in einem Rausch aus Wut, Hass und Rachsucht blindwütig und brutal seine Familie ausrottet, gehört ebenso ins Reich der Legende wie der von einer schönen Hexe Verführte und zur Untat Angestiftete.

Zwar beklagt sich Timm gegenüber Mohrdieck: „Ich bin immer verstoßen gewesen. Meine Brüder und mein Vater haben mir Unrecht getan." Doch als der Ermittler ihn auffordert: „Nennen Sie uns endlich Ihr Motiv", bekennt er: „Ich wollte das Geld. Ich wollte alles allein haben. Den Hof wollte ich haben." Bei diesem Bekenntnis bleibt er auch in Gesprächen mit dem Seelsorger, im Geständnis vor dem Untersuchungsrichter und in seiner Einlassung vor Gericht. Gegen die These des mordenden Racheengels spricht im Übrigen sein planmäßiges Vorgehen nicht nur gegen den Vater und die Brüder, sondern auch gegen die sich stets um ihn sorgende Mutter, von der die Obduzenten unter anderem berichten: Jochbein und sämtliche Gesichtsknochen zertrümmert.

Sie musste sterben wie der 14-jährige Reimer, der in rührender Anhänglichkeit Timm sogar gegen die Brüder zu verteidigen versuchte. Hier wie auch beim Hinmetzeln der um ihr Leben flehenden Schwester Anna und dem Mord an dem ihm stets freundlich begegnenden Dienstmädchen Abel tun sich schockierende Abgründe auf.

Auch zeugt sein Verhalten nach dem Verbrechen – abgesehen von einem Schreckensmoment angesichts des noch Lebenszeichen von sich gebenden Johann und seiner Unbedachtsamkeit, die Fenster des brennenden Wohnhauses nicht zu öffnen – von kaltem Pragmatismus und berechnender Logik: das gründliche Bad in der Balge, die Sicherung der Kassette, die gespielte Ohnmacht im Hause Schwarzkopf.

Das ehemalige Thode-Anwesen ist im Besitz der Nachkommen von Heinz Christian Brandt geblieben, der es noch von Timm Thode erwarb. Dieser vererbte es seinem Sohn Heinrich, es folgte dessen Sohn Richard, und seit 30 Jahren bewirtschaftet Otto Brandt, der Urenkel des Käufers, mit Ehefrau und Sohn den Marschhof an der Stör.

Von der Spukgestalt des Timm Thode, die, so wurde noch vor 50 Jahren an düsteren Winterabenden in der Marsch gemunkelt, bei Blitz und Donner am Tatort erschien, haben weder Otto Brandt noch seine Eltern und Großeltern je etwas gespürt. Natürlich wissen sie um den grausamen Tod des einstigen Besitzers und seiner Familie sowie das Ende des Mörders. An den aber werden sie nur erinnert, wenn im Sommer ein Ausflugsschiff auf der Stör vorüberfährt und der Kapitän den Passagieren per Megafon vom Wüten des Timm Thode berichtet. „Dann“, so Otto und Traute Brandt, „stellen wir uns auf den Stördeich und winken den Leuten fröhlich zu.“

Werner Brorsen